Nuova Narrativa Newton
258

Martin Eden
Agenzia letteraria

Quinta edizione: febbraio 2011

Roma, Casella postale 6214

ISBN 978-88-541-2377-9

www.newtoncompton.com

Stampato nel febbraio 2011 presso Puntoweb s.r.l., Ariccia (Roma)

Lorenza Ghinelli

Il Divoratore

Newton Compton editori

A mia sorella Giulia.
Per quanto dissestata sia la strada, il desiderio ci sospinge. Sempre.

[…] Per tutti la morte ha uno sguardo.
Verrà la morte e avrà i tuoi occhi.
Sarà come smettere un vizio,
come vedere nello specchio
riemergere un viso morto,
come ascoltare un labbro chiuso.
Scenderemo nel gorgo muti.

CESARE PAVESE, 22 marzo 1950

Videtur mihi nihil quiddam esse.

FREDEGISO DI TOURS, *De nihilo et tenebris*

Capitolo uno

15 aprile 2006, ore 16:00

Filippo, Francesco, Luca, Dario. E soprattutto Pietro

Il cortile interno del Pep è incolto. Oppresso dai tre palazzi che lo serrano ai lati. Spalancato sull'unica strada di cemento che conduce al centro storico. L'erba cresce pallida. Cresce floscia. In alcuni punti non cresce. C'è un unico albero ibrido, piccolo. Quasi non getta ombra. Accumula foglie morte alle vive. Nessuno le stacca.

Arruffati, truci nei volti, tre ragazzini: Francesco, Luca. E Filippo.

Il quarto ragazzino non ha espressione. Il quarto è il più grande: quattordici anni e un modo molto strano di stare in piedi; goffo, contratto, scomposto. Il quarto ragazzino si chiama Pietro. Pietro se ne sta fisso sul posto, le sue braccia ciondolano avanti e indietro, avanti e indietro. Pietro non sa guardare i ragazzini. Ha lo sguardo inchiodato. Tutto questo gli altri bambini lo sanno e lo vedono. Lo sa e lo vede anche Dario. Il quinto. Poco più di un bambino, qualche istante e scoppierà a piangere.

Pietro ripete senza sosta: «PietrononfaretardiPietrononfaretardi…».

Pietro ha capelli fini, biondo grano. Tagliati male.

Pietro ha terrore delle forbici, se le vede urla. Così i capelli glieli taglia sua madre, nel sonno.

Pietro è alto un metro e sessanta. Pesa cinquanta chili. È il più grosso, il più grande e il più bello di tutti loro.

Ma questo a loro non importa.

O forse sì.

Anzi. È soprattutto per questo.

Perché è bello. Scemo. Predabile.

15 aprile 2006, ore 15:50

Indietro nel tempo di appena dieci minuti

Dario, otto anni e undici mesi. Picchiò la manina alla finestra.

«Caspiterina, Pietro, c'è Filippo!».

Ai nove anni non ci sarebbe arrivato.

Pietro, seduto sulla sua seggiola di plastica verde, guardava le fronde del pino marittimo solleticare il vetro della loro finestra; di tanto in tanto chinava lo sguardo, serrava con più vigore la sua matita Staedtler 2B, e trasferiva su carta ciò che era impresso sulla sua retina.

Questo sembrava bastargli e nulla sembrava scalfirlo.

Dario aprì la finestra e guardò sotto, fino a sollevare le scarpe numero trentasette dalle mattonelle brune della loro stanzetta.

«Ohi! Ohiiii! Filippo, Filippo!».

Filippo sterzò bruscamente sulla sua bicicletta blu. Usata.

Sterzarono anche Luca e Francesco. Tutti videro Dario, distolsero lo sguardo e ripresero a pedalare.

Tutti tranne Filippo.

Non era mai successo.

Dario incrociò il suo sguardo, si tappò d'istinto la bocca, diventò viola.

«Perché cazzo ti sei fermato?! Quello ha gli occhi anche nel culo, tutte le volte che passiamo di qua ci prova sempre!», sibilò Luca.

Filippo non disse niente. Pensò. Decise.

«Vuoi giocare con noi?».

Filippo, tredici anni e una faccia da ragazzo.

Ha già imparato diverse cose. Primo: la vita è sudore. Secondo: le botte fanno male. Terzo: meglio se picchi per primo.

È basso Filippo, un fascio di nervi per corpo.

Capelli castani perfettamente curati. Unghie sempre lerce.

Le labbra fanno storia a sé, su quella faccia non c'entrano nulla. Non a tredici anni. Sono lame: perennemente serrate.

Filippo sa anche una quarta cosa: se gli altri ti vedono, se ti vedono davvero, sei bello e fritto. Quindi gli occhi opachi servono. A nascondere.

Infine due comandamenti: la rissa come vocazione, e il saltare la scuola come atto d'onore.

Dai suoi coetanei, da qualche ragazzo più grande e da tutti i ragazzetti più piccoli viene considerato un dio. È l'unica cosa che gli dia un po' di pace.

Per il resto, è disperato.

«È lui che ha il fratello handicappato, vero?», chiese a Francesco.

«Ci puoi giurare, viene in classe con me, è tre anni indietro».

«Andiamo?», sbottò Luca, dodici anni, lineamenti inafferrabili, occhi azzurri e spenti.

«C'è tuo fratello con te?», urlò Filippo a Dario.

«Sì… Sì! Perché?»

«Vuoi venire a giocare con noi?»

«Sìììììììì!… Devo sentire mia mamma, però…».

Pietro iniziò a gemere e a dondolare la testa.

«Devi portare anche tuo fratello, altrimenti niente», precisò Filippo.

«...Perché?»

«Perché te lo chiedo».

Dario si accigliò per un istante, non gli piaceva l'idea di portarsi dietro suo fratello, avrebbe fatto una figura "di merdissima", come diceva sempre lui, di merdissima davvero.

«Allora?!».

Nella testa di Dario un pensiero fisso: Filippo non lo aveva *mai* considerato.

«E va bene, arriviamo».

Francesco e Luca increduli, scocciati. Aspettavano una spiegazione.

«Cosa gridi, Dario?».

Sua madre entrò nella stanza spalancando la porta.

«Eh? Io? Niente, giocavo con Pietro».

Era ancora una bella donna, anche con le labbra contratte e le occhiaie perenni, con i capelli biondo cenere domati in una coda alta e una tuta da casa verde, perché così forse Pietro si sarebbe lasciato abbracciare.

«Devi lasciarlo stare tuo fratello, lo sai che i rumori forti gli danno fastidio».

«Scusa mamma... Mamma?»

«Dimmi».

«Posso uscire con Pietro?»

«...Da quando in qua ti piace uscire con tuo fratello?»

«Stiamo qua sotto, nel cortile interno... così... così sei sicura che non vado lontano».

Qua sotto. A portata di voce. Le sue stesse parole lo tranquillizzarono. Decise di non chiedersi perché. Nella testa ancora quel chiodo: Filippo non lo aveva *mai* considerato.

«Sei con degli amici?».

Bisognava semplicemente scendere.

«Eh? No... stiamo solo così, all'aria aperta, c'è il sole...».

«Ciao Filippo! Posso giocare con voi? Posso?». La voce di Pietro. Monocorde.

Dario lo guardò torvo. Di sbieco.

«Allora?», chiese sua madre, «sei con degli amici?»

«Eh? No. Erano passati dei ragazzi prima e io li ho salutati».

Sua madre squadrò Dario, rinunciò a indagare a fondo. Sentiva la necessità di restare sola almeno per venti minuti.

Pietro batté la stessa nota. «Ho individuato cinquantadue tipi differenti di verde». E lo sguardo fisso sul punto che di ogni stanza amava di più: l'angolo del soffitto. Perché ogni stanza ne aveva almeno quattro.

«Il verde terra è un derivato dell'ocra. È di origine molto antica e presenta tonalità di colore cachi. Si adatta perfettamente a tutte le tecniche. Copre bene e asciuga con relativa rapidità. Il verde smeraldo, o verde virdian, non presenta buone doti di stabilità cromatica. È un colore trasparente: se mescolato con il giallo di cadmio produce un verde brillante, chiamato verde permanente. L'ossido di cromo verde presenta un basso grado di vivacità di tono, ma è molto coprente. Il verde di cobalto si manifesta in diverse tonalità. Non si deve mescolarlo con le terre. Capito? Non si deve mescolarlo con le terre».

Dario pensò che suo fratello era proprio strano. Memorizzava le cose più assurde.

«Pietro, vuoi andare con tuo fratello?»

«No».

«Un po' di sole ti fa bene, dài, dopo mangiamo la torta».

Pietro si alzò senza dire niente. Aveva imparato a obbedire controvoglia.

«Tra mezz'ora vi voglio su, ok? Prima che arrivi vostro padre».

La madre porse a Pietro la sua giacca a vento verde; se la infilò da solo.

«Mi raccomando, Dario. E anche tu Pietro, non fate tardi».

Diede un bacio a entrambi, Pietro si scostò leggermente ma lasciò fare, perso nel verde rassicurante che gli ricordava i prati. C'erano sempre cose belle nei prati e tutti erano felici. E la felicità era un'emozione che aveva imparato a comprendere. Perché era semplice. E la semplicità era verde. E il verde non era assolutamente come il grigio, che era il colore delle strade, perché nelle strade c'erano troppe emozioni e lo assalivano tutte assieme, ed erano difficili e urlavano da cento bocche.

«Mi raccomando Pietro, non fare tardi».

Scesero le scale.

«Ciao Filippo! Posso giocare con voi? Posso?», continuava Pietro.

«Te la finisci? Sei un pappagallo!».

«Il pappagallo è un uccello dell'ordine degli psittaciformi, arrampicatore, con parte superiore del becco ricurva e inferiore corta, lingua carnosa e piumaggio dai colori vivaci. Pietro non è un pappagallo. È un bambino».

Era lo stupido più intelligente che Dario avesse incontrato.

In quel momento lo sguardo stanco della signora Monti, la madre di Pietro, si posò distrattamente sulla matita Staedtler 2B, e vide che sotto, al vento dell'immaginazione, si agitavano le fronde del pino marittimo, in un'opera che aveva il sapore di un negativo fotografico e l'anima di un dipinto. Il diaframma le si spalancò all'istante, gli occhi si fecero lucidi, sfiorò quasi timorosa il bordo bianco del Fabriano 4, ritirò la mano e uscì dalla stanza.

«Ma che cazzo ti è saltato in mente?», tuonò Luca, il cui unico desiderio impellente era accendersi una Lucky Strike. Filippo non rispose, si limitò a guardarlo con una punta di urticante ironia, poi ammiccò a Francesco che aveva già capito da un pezzo.

«Filippo vuole giocare, amico», disse Francesco battendogli una mano sulla spalla.

***

E pensare che quel pomeriggio Filippo aveva deciso di non mettere il naso fuori di casa. Aveva scoperto solo quattro ore prima come inserire le ossa ai cartoni con Moho, un programma assolutamente fuori di testa che era riuscito a scaricare da internet. Poteva disegnare qualsiasi creatura volesse. All'inizio statica, certo, ma poi applicava tanti ossicini quanto e dove ritenesse opportuno, stabilendo di quanti gradi un certo arto potesse ruotare o sollevarsi o piegarsi. Insomma, una figata.

Aveva già in testa il personaggio che voleva creare, l'avrebbe chiamato Dirk, sarebbe stato moro con le spalle larghe, avrebbe avuto un *piercing* sul sopracciglio e avrebbe indossato una giacca di quelle che si portano anche in alta montagna, con meno trenta sotto zero, una di quelle giacche molto, ma "moooolto tecniche", come sottolineò il commesso quando Filippo ne indicò una in un negozio del centro. E Filippo comprese che con quel moooolto tecniche in realtà il commesso intendeva moooooooooooolto costose. Dirk si sarebbe mosso come un dio delle arti marziali, ma prima doveva esercitarsi e studiare quel programma a fondo; poi arrivò sua madre, la fotocopia ingiallita della sua brutta copia di dieci anni prima, e con l'abituale voce atona gli disse di spegnere quel "fottuto" computer, perché, o studiava o usciva, e siccome quella casa non era una sala giochi e suo padre era già un assiduo frequentatore di posti del cazzo e sicuramente a quell'ora stava già bevendo, era proprio il caso che spegnesse quel fottuto computer o almeno togliesse da lì dentro quel fottuto CD satanico del cazzo. Filippo si accorse solo in quel momento che *Zero* degli Smashing continuava a girare nel suo Pentium 4 a volume davvero alto; in principio decise di fregarsene e applicò all'osso del collo di Snutzi, curioso extraterrestre a pois viola e blu, fornito in dotazione col programma, una rotazione in stile Linda Blair nei suoi momenti più ispirati. Ma alla madre non piacque l'essere scambiata per l'uomo invisibile e staccò la corrente.

Filippo scattò in piedi urlando. «Ma porca troia di 'sto cazzo perché non ti fai i cazzi tuoi, non lo capisci che per me è importante, che io me la studio questa roba, vaffanculo, vaffanculo, vaffanculo. Il babbo fa bene a bere, piuttosto che restare con te inizio a bere anch'io porca troia!».

Ma la madre, mentre usciva dalla stanza e sbatteva la porta, vestiva la solita espressione stanca, gli occhi spenti e lo sguardo basso.

Così era successo che alle 16:00 di quel pomeriggio Filippo avesse deciso, più o meno consapevolmente, di prendersi una piccola rivalsa sul mondo.

«PietrononfaretardiPietrononfaretardiiiiii!», urlava Filippo mentre fissava il viso di Pietro e rideva, aspettando il momento in cui lui lo avrebbe guardato, perché il fatto che lui guardasse altrove lo irritava.

«Pietro, smettila di ripetere, per favore, smettitela subito».

Lo implorava, Dario, ma Pietro non poteva farne a meno. Davanti a lui c'erano tre estranei decisamente ostili che gli urlavano contro. E quello era un ottimo motivo per sfarfallare le mani, dondolare avanti e indietro il busto, gemere e lasciarsi andare a quella rassicurante ecolalia differita: «PietrononfaretardiPietrononfaretardiPietrononfaretardi», che tradotto, per chi avesse avuto a cuore capirlo, voleva dire: Dario, riportami a casa.

Siccome Pietro non lo guardava, Filippo cambiò tecnica.

«Perché tuo fratello non guarda negli occhi?».

Per la verità anche Dario faceva fatica a guardare negli occhi Filippo, ora.

«Lui fa sempre così. Non guarda negli occhi neanche me, nemmeno il babbo e la mamma».

«Neanche mia mamma mi guarda negli occhi. Non mi piace».

Sputò; e la terra avidamente bevve. Luca si accese una Lucky Strike, tossì alla prima boccata e se ne vergognò moltissimo, ma nessuno sembrò accorgersene. Francesco iniziava a sentirsi a disagio.

«Filippo, mi sa che per Pietro è diverso».

«Ma va?! Cosa ti pensi, che lo scambio con mia mamma?! Ti pare che ha le tette?».

Luca prese a ridere. Sguaiato.

«Ha la fica?»

«Filippo, dài».

Francesco non era mai andato contro Filippo, ma c'erano delle cose che non gli piacevano proprio, e quella era una.

«Ho solo detto che mi dà fastidio che non mi guardi negli occhi».

Sputò ancora. La terra bevve di nuovo.

I suoi occhi in quelli di Dario.

«Cosa sa fare tuo fratello, a parte l'idiota?»

«Lui... lui è strano, ma non è idiota, lui ha la sindrome di... di...».

«Non ti ho chiesto che cazzo di sindrome ha. Ti ho chiesto che cazzo sa fare».

Gli occhi di Dario iniziavano a luccicare, le guance ad arroventarsi.

«Sa disegnare».

«In prospettiva», aggiunse Francesco.

«Cazzo quanto rompi oggi».

Ma Filippo non lo aggredì e non lo sfidò. Francesco gli piaceva. Perché era saldo dentro e sapeva farsi capire. Lui non era come i suoi genitori. Quando parlavano e urlavano doveva cercare di capire cosa c'era dietro le parole. Ogni volta che rispondeva sbagliava, se n'era accorto. Ma a volte era semplicemente impossibile non rispondere alle domande.

Parlare con gli adulti era difficile. Anche il commesso della giacca mooolto tecnica gli disse una cosa, ma il sottotesto era un altro.

Parlare con i ragazzi era noioso.

Parlare con Francesco era un'esperienza.

Purché questo non minacciasse la sua *leadership*, s'intende.

«Disegni in prospettiva?».

Pietro iniziò a girare su se stesso, sempre più agitato.

Nessuno si accorse del vecchio.

Era fermo. Nascosto dietro al piccolo alberello argentato.

Batteva la punta del suo bastone da passeggio sopra il marciapiede.

Scandiva i pensieri.

Tic. Tic. Trick.

La punta del bastone a schiacciare una cimice.

Il vecchio non si era fermato di proposito, o meglio, non

si era fermato di proposito in *quel* cortile. Certo è che *cercava*, *che aveva trovato* e che ascoltava.

Il vecchio era strano. Indossava una palandrana nera sopra una camicia nera. Neri anche i calzoni. Con la piega in mezzo. Eleganti. Sporchi.

Nero il cappello, a tese larghe.

Solo le scarpe non erano nere. Erano bianche. Da tennis. Slacciate.

«Cazzo, ti ho chiesto se disegni in prospettiva!». Filippo insisteva.

Ma soprattutto il vecchio aveva un bastone speciale; di legno scuro, lucido. E quel bastone aveva un manico: una testa d'uccello dal becco lungo, tagliente, rapace. La cresta dell'uccello era scarmigliata, il vento non la spettinava. Era d'avorio.

«PietrononfaretardiPietrononfaretardiPietrononfaretardi», continuava Pietro sfarfallando le mani.

«Io tuo fratello lo ammazzo. Mi sta salendo al cervello».

«Anche tu a lui», sussurrò Francesco.

«Che cazzo hai detto?»

«Ho detto che faremmo meglio ad andare al fiume, che quello stronzo ci sta finendo le sigarette».

Filippo ignorò completamente la risposta. La sua era stata una domanda retorica.

«Almeno te le sai fare le seghe o te le fa la mamma?».

Luca si stava godendo lo spettacolo aspirando ampie boccate. Francesco non voleva ridere, ma la battuta la trovò purtroppo buona.

«Dài, per favore, lascialo stare, è mio fratello», supplicò Dario.

«Allora lo aiuti tu?»

«No! Non sono un frocio!».

«Sei proprio uno stronzo, Filippo».

Questa volta Francesco lo disse ridendo.

«Non lo so se non sei un frocio. I froci rompono i coglioni e tu ce li stai rompendo. Vuoi giocare da solo con tuo fratello o vuoi giocare con noi?».

Dario si zittì. Perché non aveva ancora nove anni.

«Luca, aiuta questo ragazzo e fagli vedere come ci si fa una sega».

Luca si mise di fronte a Pietro e si guardò attorno. Non vide nessuno a parte loro.

Non vide il vecchio.

Luca serrò la sigaretta fra le labbra, slacciò il primo bottone dei suoi Levis 507 e ci infilò dentro la mano.

Dario guardò la sua finestra al terzo piano, sperando per la prima volta che sua madre si affacciasse.

«Tiralo proprio fuori, sennò non capisce».

Luca slacciò gli altri tre bottoni e fece le cose per bene.

Il vecchio guardava.

Il vecchio aveva occhi come pece. Impenetrabili. Ci si cadeva attraverso. E dentro agli occhi non c'era niente. Solo spazio. Nero e viscoso. Se Dario lo avesse visto avrebbe detto che somigliava al cartone che uccise Roger Rabbit il coniglio.

«Luca, finiscitela cazzo!», urlò Francesco, ma Luca continuava. Filippo non rideva. Si odiava. Continuava a pensare che Pietro sapeva disegnare. In prospettiva. E gli altri glielo riconoscevano. Gli girò improvvisamente alle spalle e lo afferrò per il collo e i capelli con prepotenza furiosa, costringendolo a voltare la testa verso Luca.

«Guardalo!».

Pietro emise un rantolo simile a un ringhio mentre cercava di divincolarsi con tutte le forze. Aveva gli occhi grandi di terrore e non capiva, non capiva niente di quello che gli capitava. Sentiva solo che tutto, *tutto* gli faceva stramaledettamente male, come una fitta al cervello, e avrebbe tanto voluto abbandonarsi a terra e dormire, magari per un giorno intero. Intanto Dario piangeva, urlando fra i singhiozzi il nome di sua madre con tutta la voce che aveva in corpo. Francesco non fece niente. Sapeva che Filippo si sarebbe fermato, e anche se non capiva la ragione e non condivideva per nulla quello che stava accadendo, intuiva che una ragione nella testa di Filippo doveva esserci. Perché nella sua testa i processi logici avvenivano, non capitavano per incidenti di percorso come nella testa di Luca; pertanto si limitò a guardarlo con disprezzo. Filippo era forte. Ma mentre teneva la testa di Pietro ferma davanti al corpo di Luca, Pietro sferrò improvvisamente un calcio vigoroso, deciso, che andò a centrare in pieno la tibia di Filippo. Pietro colpì a caso. Ma se il caso può essere aiutato dall'intenzione, quella volta l'aiuto arrivò propizio. Filippo mollò la presa e si portò le mani sulla tibia esclamando e scandendo perfettamente tutte le lettere che assieme componevano il nome di Dio, preceduto e seguito da attributi per nulla divini.

La finestra al terzo piano si aprì. Finalmente.

«Dario!».

Filippo sferrò un pugno. Furioso. Dritto alle fauci dello stomaco di Pietro. E poi un altro. E poi... Luca lo tirò via mentre armeggiava ancora coi bottoni dei jeans. Pietro si lasciò andare a terra urlando e gemendo. Scuoteva la testa da un lato all'altro, con gli occhi sbarrati. Scuoteva la testa per confondere il reale. Le immagini diventavano scie di colore. Innocue. La sagoma scompigliata di sua madre li stava raggiungendo. Pietro cessò all'improvviso ogni movimento. La realtà era stata cancellata. Sopra di lui solo il cielo. Nemmeno il ventre gli faceva male. Pietro riusciva a non sentire. Prima di scappare, Filippo guardò Pietro negli occhi. Vide un volto inespressivo. Catatonico. Assente. Illeso. Dopo tutta la rabbia che gli aveva scagliato contro per procurargli una reazione, Pietro aveva osato tornare al suo mondo straniero, tranquillo, come se niente fosse. E lo odiò. Perché lui non ci sarebbe mai riuscito, perché la realtà lo veniva sempre a cercare e a lui non era dato nascondersi. Lo odiò perché Pietro era riuscito a colpirlo. E a fargli male. Lo odiò anche per quei suoi occhi dannatamente belli; inutili su quella faccia, pensò. E gli sputò in pieno viso. Il contatto della saliva sulla pelle fu per Pietro come una sigaretta accesa premuta sulla guancia. Riprese a gemere sfregandosi la faccia. I tre scapparono mentre la madre sopraggiunse con gli occhi sbarrati.

«Amore, sono la mamma, Pietro...».

La madre guardò negli occhi Dario, feroce. Dario li abbassò subito, tirando su col naso.

«Si merita forse questo tuo fratello?!».

Pietro si copriva il viso con le mani, teneva gli occhi chiusi, sentiva che così andava tutto bene, che nessuno poteva entrare. Perché tutte le volte che qualcuno entrava faceva male. Solo le cose erano buone, rassicuranti, solo le piante. Ma le persone no.

«Pietro, amore, non ti tocca più nessuno, c'è la mamma adesso, non ti tocco neanch'io. Torniamo a casa, c'è la torta al cioccolato, ne ho fatta metà senza farcitura alla panna, solo per te. Vuoi?».

Pietro non ebbe coscienza di quanto tempo passò, ma il sole non scaldava più, anzi. Dario era sparito. C'era solo la mamma a fianco a lui. Questa volta si alzò. Si incamminarono insieme verso il portone e vi sparirono dentro. Anche il vecchio era sparito. E nel cortile non ci fu più nessuno.

Aprile 2006

Dal diario di Alice

Stanotte ho sognato l'arco della mia città al centro del mare; le fondamenta sommerse.

Era l'unica creazione umana in mezzo all'acqua, fin dove lo sguardo potesse arrivare.

Troneggiava. Era bellissimo.

Poi ho sognato una chiesa. Dentro c'era un prete che celebrava la messa; spargeva sui fedeli bianche scie d'incenso, sembravano bolle di sapone. Era come assistere a un sortilegio, a un'ipnosi di massa. C'era anche mia nonna, guardava le bolle di sapone col candore e l'incanto di un bambino. Sembrava piccola, felice e buona.

Le bolle avvolgevano tutto, avvolgevano anche tre gemelle siamesi unite per le mani. Quella al centro era unita con la mano destra all'una e con la sinistra all'altra. Non aveva autonomia. Le altre due ridevano durante la messa, si toccavano l'una con l'altra. Poi ho visto la schiena di quella di destra. Dai polpacci fino al collo era piena di carte, conficcate nella carne rossa, sanguinolenta. Le carte diventavano stuzzicadenti e io sapevo che era l'altra, la gemella di sinistra, a infilarglieli. Mentre dormiva.

Le gemelle di destra e di sinistra si avvicinavano a me, trascinando la sorella al centro che puntava i piedi e gemeva.

«Conosci Denny? Denny Possenti? Conosci Denny? Denny Possenti? Conosci Denny? Denny Possenti?», mi chiesero. Io scossi la testa. Loro continuarono.

«Disegnava. Disegnava. Disegnava. Ooh se disegnava!».

In quel momento sentii squillare il telefono.

«Pronto».

Agnelli. Al telefono grida di agnelli scannati. Poi un gemito: Pietro.

Improvvisamente avvertii un dolore lancinante alle gengive: stuzzicadenti. Mi stavano crescendo stuzzicadenti nelle gengive.

E mi sono svegliata.

La testa è un inferno, pulsa, fa male.

È un sogno che mi ha fatto sudare. Sconnesso. Privo di senso.

Io non credo ai sogni.

Penso alle gemelle siamesi. Penso a quella che stava al centro.

Penso a Pietro: un autistico. Un *borderline* ad alto funzionamento.

Penso che la gemella al centro, in un qualche modo, fosse l'anima di Pietro.

Ma Pietro è anche le gemelle di destra e di sinistra che lo costringono a reiterare le stesse frasi, a fare cose assurde, a farsi male.

Ma soprattutto penso che Pietro sia come l'arco al centro del mare.

Fiero, immobile, bellissimo.

Capitolo due

Il primo a morire fu Filippo.

Della strana morte di cui morirono gli altri. Fu Abdul Mustafà a dare l'allarme, l'uomo che da circa sei anni vendeva fazzoletti all'incrocio di Covignano e che sorrideva a tutti. Doveva essere parecchio sconvolto per dare l'allarme, perché era senza permesso di soggiorno e visibilmente alticcio. Giurò di avere sentito urlare un ragazzino, come se lo stessero scannando vivo e, quando si era precipitato sul luogo da cui provenivano le urla, di aver trovato quello che i poliziotti potevano constatare con i loro stessi occhi. Non si era avvicinato a ciò che aveva visto, né aveva toccato nulla. Poi giurò in nome di Allah che non avrebbe più bevuto birre. I poliziotti pensarono che tuttavia gli restava un'ampia gamma di alcolici con cui sostituirle.

La polizia trovò i vestiti di Filippo alle 23:00 del 15 aprile 2006 sotto il ponte che attraversa la statale, all'altezza dell'incrocio di Covignano, dove scorre limaccioso il Marecchia e dove spesso e volentieri lui, Francesco e Luca davano la caccia ai topi; pantegane irsute e grosse come gatti. Ad appena un chilometro da casa sua.

La particolarità del caso era dovuta proprio ai vestiti rinvenuti sotto al ponte. Erano impilati in perfetto ordine:

scarpe, calzini, pantaloni, slip, t-shirt e giacca: un capo sopra l'altro, i calzini infilati dentro le scarpe e le maniche della t-shirt dentro quelle della giacca. Come se si fosse semplicemente smolecolato. Dissolto. Evaporato. Di fianco agli abiti c'era solo la bici, con la gomma posteriore lacerata e il cerchione spezzato, mentre la ruota anteriore, a dispetto di ogni legge fisica, ancora girava. Non c'era altro. Nemmeno una microscopica chiazza di sangue, figuriamoci un corpo. Sul posto arrivò la polizia con a capo il commissario Marzi; si lisciava il pizzetto bisunto per la pizza salsiccia e peperoni, che aveva preso al volo in un *take away* italiano, gestito da cinesi, con cuoco giapponese e arredamento creolo, senza pagarla, con la scusa di un'urgenza che lo aveva fatto uscire a rotta di collo, come se all'interno fosse scoppiata l'ebola. Vedendo gli abiti abbandonati al suolo e non cogliendo immediatamente (e neppure cinque abbondanti minuti dopo) la stranezza del caso sentenziò: «Un altro pedofilo del cazzo».

Poi, notato l'evidente come si guarda un rebus, si risolse a chiamare la Scientifica.

Nelle tasche dei jeans di Filippo trovarono il portafoglio di similpelle degli Incubus. Dentro c'erano cinque euro accartocciati con su scritto: "succhia". C'era anche una carta d'identità, una Kim alla menta che apparteneva a sua madre, una *password* di qualche diavoleria informatica su un pacchetto di Brooklyn al limone, e una figurina su cui compariva un'attempata signora in tanga e autoreggenti; quella doveva appartenere al padre.

Contattarono immediatamente la famiglia. Il padre sopraggiunse a bordo del suo fiorino portandosi dietro il cartone da un litro di Tavernello, mentre pensava: "Sparito, come no".

Non ci fu bisogno di nessuna laurea, o di un punteggio

particolarmente elevato al test del QI, o di una singolare inclinazione creativa per comprendere che c'era qualcosa di veramente, ma *veramente* storto in quei vestiti.

«È sicuramente uno scherzo da ragazzi, ne sono sicuro. Vuole farmi sentire in colpa perché abbiamo litigato. Chiamate i suoi amici e vedrete che non sono in casa!».

E mentre la Scientifica, al telefono con i genitori di Luca e Francesco commentava: «Non sono usciti ha detto? In casa con voi, dalle 19:00. Capisco, la ringrazio», il padre iniziò a sentirsi strano, sudato. E terribilmente in colpa.

15 aprile 2006, ore 19:30

Quattro ore prima che il padre di Filippo iniziasse a sentirsi strano, sudato. E terribilmente in colpa

Filippo varcò la soglia di casa con movimenti fulminei e testa bassa, cercando di passare indenne il breve tragitto che dal corridoio lo avrebbe portato dritto nella sua stanza, superando la porta aperta della cucina da cui proveniva l'atono vociferare della televisione.

«Assassino! È questa l'ora di tornare?!», tuonò la voce di suo padre, sottolineando il pessimo umore con un sonoro tonfo della mano sul tavolaccio di legno.

«Non iniziate a urlare anche stasera. Hai capito Ivan?! Che io qua esco matta».

Filippo avanzò a lentissimi passi verso la soglia della cucina, vedendo sfumare ogni possibilità di asilo politico. Fece capolino dalla porta; sul viso l'espressione dell'agnello.

«Ero con gli amici. Siamo in vacanza...».

«E a me che cazzo me ne frega se siete in vacanza?! Io mangio lo stesso! E tu, finché stai sotto questo tetto mangi all'ora che decidiamo noi!».

Ivan era diventato paonazzo e nella cucina si spargeva, come in ogni stanza in cui si soffermava per più di una manciata di minuti, un acre odore di vino stantio, che a Filippo faceva venire i brividi perché preannunciava sempre botte. Fu in quel momento che abbandonò l'espressione da vittima sacrificale e serrò i pugni, pronto a mostrare i giovani denti aguzzi da predatore, se ce ne fosse stato bisogno.

«Ho solo tardato mezz'ora».

«È vero Ivan, ha solo tardato mezz'ora, è un ragazzo. Vediamo di mangiare 'sta minestra».

«Tu pensa ai fatti tuoi, e non difenderlo sempre!».

«Ho solo tardato mezz'ora».

Ivan si alzò di scatto, sbilanciandosi pericolosamente all'indietro, e riconquistata una parvenza di postura eretta iniziò a strepitare: «Sei soltanto un lavativo, un arrogante e un ingrato! Studi?! No! Lavori?! Nooooo!».

«Ivan smettila!», strillò la madre battendosi i palmi aperti contro le orecchie, in un accesso isterico.

Ivan crollò sulla sedia e si zittì. Filippo respirava forte e serrava sempre più i pugni. Da qualche mese la sua voce era cambiata, ma ora, mentre cercava di mantenerla salda, le parole risuonarono come uno squittio sordo e stridulo.

«Non sono un lavativo».

Era soprattutto quella parola ad averlo ferito mortalmente. *Lavativo*.

«Ci sono un sacco di cose che so fare e posso fare un sacco di cose».

«Ah sì! Questa sarebbe proprio una novità; e sentiamo, cos'è che sai fare, eh?!».

Filippo deglutì, ma il nodo che gli era salito in gola non scendeva, anzi, aumentava di diametro e consistenza. E poi era ricomparsa quella stramaledetta voce da bambino.

«Io… io so usare il computer».

Ivan per un attimo guardò il figlio, poi l'espressione accigliata sfumò, la fronte si distese e una risata volgare e sguaiata gli deformò la faccia.

«Ah, ah, ah, il computer! Cazzo, ragazzo, sei proprio fuori di testa!».

Poi tornò serio, glaciale. Guardò il figlio dritto negli occhi cercando il punto esatto in cui lo avrebbe piegato; quello sguardo, Filippo provò in tutti i modi a sostenerlo. Poteva farcela. Se solo sua madre fosse rimasta zitta.

«Computer? Come computer? E tu giocare lo trovi un mestiere?! Cavolo, Filippo, ha ragione tuo padre, devi mettere i piedi per terra».

In quel momento Ivan sorrise; impercettibilmente, ma sorrise. E Filippo abbassò lo sguardo. Non se lo perdonò. Aveva perso. Forse fu proprio allora che decise di esporsi. Per autopunirsi, perché gli infliggessero la giusta sofferenza che lo sconfitto merita per la sua codardia. Ma anche per ferire; proprio come l'ape, che lascia nella carne il pungiglione velenoso prima di morire.

«Mangiate troppo presto per me. Troppo presto per tutti. Mangiate così presto solo perché tu vuoi uscire a bere. Perché sei alcolizzato».

Filippo udì il frastuono del silenzio che seguì alle sue parole, infrangersi contro i muri. Ivan sbatté le palpebre, non certo di avere compreso la staffilata del figlio; perché Filippo avrebbe dovuto mettersi a piangere, magari chiudersi in camera o, ancora meglio, sedersi e mangiare a testa bassa in un silenzio tombale; tutto avrebbe potuto fare, ma non reagire. Tuttavia Ivan ne prese atto e la cosa che più gli bruciò fu che quelle parole lo avevano quasi scioccato, impedendogli di tappare la bocca a quel figlio arrogante prima che potesse finire la frase. Gli fu subito addosso con uno schiaffo a palmo aperto e rigido. Lo soverchiò d'insulti; e più si rendeva conto che nessuno di quegli insulti era in grado di umiliare il figlio, come il figlio aveva umiliato lui appena un attimo prima, più la furia alessitimica e incosciente di Ivan aumentava. Scrosciarono manrovesci come temporali estivi e quando Filippo finì a terra furono calci. Poi Ivan subì il secondo colpo: Filippo rideva. Il calcio che Ivan aveva sferrato un secondo prima rallentò la sua corsa finendo con lo sfiorare appena lo sterno del figlio.

Rideva. Mentre un rivolo di sangue gli colava dal lato destro della bocca, Filippo rideva. E non si difendeva.

«Lo sai cos'ho fatto oggi, babbo?».

Ivan si ritrovò costretto ad ascoltare.

«Ho preso per il culo il figlio di Monti perché è un handicappato del cazzo e poi...».

Silenzio.

«E poi ho detto a Luca di menarglielo davanti e l'ho picchiato quell'handicappato del cazzo, e l'ho preso a pugni quel figlio di troia e gli ho sputato in faccia! Perché è soltanto un-handicappato-del-cazzooooo!».

Riprese a ridere; una risata isterica che gli prendeva lo stomaco e lo scuoteva senza che potesse esercitare sul suo corpo il minimo controllo. Il padre si volse verso la moglie, per cercare nei suoi occhi qualcosa che assomigliasse a una spiegazione. Vi trovò invece i suoi stessi occhi, allucinati e increduli. La lingua di Filippo lo frustò ancora.

«Picchiami ancora, ancora, sì! Fammelo sentire, cazzo!».

Urlò con una voce virile, profonda, che finalmente aveva ristabilito il dominio dentro alla sua gola.

Smarrito, spaventato, suo padre si girò senza dire niente, imboccò barcollando il corridoio e sparì nella camera matrimoniale. La madre guardò il figlio, come una cosa strana che sporcava il pavimento; si girò anche lei e sparì in cucina.

Filippo continuò a ridere fino a che i suoi non furono scomparsi. Poi fu il silenzio; il nodo in gola si sciolse e iniziò a piangere. Si alzò tenendosi lo stomaco, si pulì col polso sinistro il rivoletto di sangue che gli colava dalle labbra, uscì di casa, inforcò la bicicletta e partì, senza fretta alcuna e senza pensieri, verso il parco.

15 aprile 2006, ore 23:45

Ivan riferì alla Scientifica, più come sfogo personale che per necessità, che quella sera avevano litigato di brutto, lui e il figlio, ma né più né meno di altre sere.

«E di questo potete star sicuri, signori».

Lo sottolineava. Certo, Filippo era stato più strano del solito quella sera. Perché aveva reagito. Ma questo lo tenne per sé. E comunque fu un pensiero troppo veloce perché diventasse cosciente. Fu un guizzo.

Mentre l'agente della Scientifica continuava cortesemente a indietreggiare per non doversi sorbire la puzza di vino rancido del suo alito, il padre di Filippo insisteva che il figlio stava prendendo proprio una brutta strada, ma brutta davvero, perché loro non ce li avevano i soldi e quello non faceva altro che stare al computer, e aveva pure speso tutti i suoi risparmi per comprarsene uno! E per fare cosa? Videogiochi! E che cosa poteva farci, lui? Chi glielo diceva a sua moglie?

Poi si mise a piangere e finalmente fu possibile allontanarlo e accompagnarlo a casa, mentre gli altri uomini, con le tute bianche in perfetto stile *2001: Odissea nello spazio*, continuavano a cercare con zelo reperti, indizi, tracce, con l'alta e in seguito confermata probabilità di non trovarli affatto.

15 aprile 2006, ore 22:00

Erano più di due ore che Filippo vagava in sella alla sua bici, aveva perlustrato in lungo e in largo ogni recesso del parco Marecchia, tenendosi accuratamente lontano da ogni anima viva. Aveva visto le ombre dei pini e degli aceri allungarsi fino a coprirlo di un manto nero e affine al suo umore. Sentiva sgusciare fuori dalla propria mente i pensieri che fino a poco prima si erano interrotti. Certo che poteva sembrare un lavativo. Nessuno si era mai fermato a parlare con lui. Se anche fosse successo, forse lui non avrebbe risposto. Figuriamoci: un figlio d'un cane come lui che vuole fare l'ingegnere informatico. La sola idea di confidarlo a qualcuno lo faceva arrossire. Immerso in quei pensieri si accorse di essersi nuovamente allontanato da via della Rondine, la traversa di Covignano dove abitava; era tornato sulla strada di casa e senza esserne del tutto consapevole era fuggito via un'altra volta. Più tardi sarebbe potuto entrare dalla finestra come era già capitato. Poi decise che quella era una serata diversa.

Ingegnere informatico. Che stupido. Fu contento di non averlo detto prima a suo padre. Di non essersi esposto. Ingegnere informatico. Fanculo a tutti. E si accorse che stava pedalando fino a farsi scoppiare il cuore. Guardò brevemente a destra e poi a sinistra, ma invece di rallentare accelerò, superando il semaforo mentre scadeva l'arancione. Ingegnere informatico... sputò per terra. Girò la bici e in pieno rosso riattraversò l'incrocio. La strada era quasi deserta. Le macchine poche, lontane. "Perché non ladro?", pensava Filippo. Picchiatore. Ladro picchiatore. Ecco. Sarebbero stati tutti più contenti. Più tranquilli. Si lanciò a rotta di collo verso il ponte, ma all'ultimo istante non lo imboccò; sollevò la ruota anteriore della bicicletta, volò sopra il gradino del marciapiede infilandosi nel breve interstizio fra il ponte e il *guard-rail* e scivolò giù, lungo la parete vischiosa e ripidissima che portava al fiume. Sentì l'adrenalina salire al cervello e liberargli i pensieri. Voleva vivere sempre così: sul confine.

Filippo mantenne egregiamente il controllo della bici e fu subito nella pianura desolata e palustre che si apriva sotto il ponte. L'acqua esalava vapori freddi e putrescenti. Poteva già sentire il ronzare di insetti pronti a dominare il mondo con l'avvento dell'estate. E pensò che anche quel posto, così come le ombre dei pini e degli aceri, si confaceva al suo umore e ai suoi intenti. Doveva cercarsi altri amici. Francesco era un puro. E Luca un coglione. Non che sapesse esattamente cos'era un puro, ma sapeva che Francesco lo era. E sentì una fitta all'altezza del cuore. Era tutto troppo difficile. Impossibile. Feroce. Pensò a Pietro Monti. Si era comportato proprio da stronzo con lui.

«E allora?!».

Urlò. Pensando che lui, almeno, aveva dei genitori veri. Un fratello. Un talento. Cazzo, anche quel ritardato aveva un talento. Ma ciò non lo fece sentire meno stronzo. Una parte di lui, latente e fuggevole, diede a quel sentimento il nome di nobiltà. Perché era nobile riconoscere di essersi comportato come uno stronzo. Ma quella parte venne subito spazzata via da quell'*altra* nella quale voleva identificarsi con tutte le forze. Quella parte chiamò quel sentimento debolezza.

Non pedalava più, lasciò che la bici si fermasse per inerzia, mentre iniziava seriamente a pensare come risalire la parete viscida e scoscesa senza ammazzarsi dalla fatica: realizzò che in un modo o nell'altro di fatica si sarebbe ammazzato lo stesso e accarezzò l'idea di dormire lì, da solo, sperando che il padre potesse rodersi dal senso di colpa per una notte intera, temendo per lui, disperandosi. Ma fu un pensiero che scartò subito come improbabile e si ripromise di non farsi venire più in mente simili scemenze.

Lì sotto non c'erano rumori, ma solo il lento, torbido fluire dell'acqua nel canale di scolo.

Tic. Tic. Tic.

Filippo si girò di scatto. Non vide nessuno. Scese dalla bici e sfidò con lo sguardo il buio.

Tic. Tic. Tic.

«Chi è?», domandò Filippo con voce cavernosa, ostentando una sicurezza che non aveva.

«L'Uomo dei Sogni», rispose la voce.

In quel momento Filippo lo vide. Era un vecchio vestito in modo strano.

«Che vuoi?», tuonò Filippo raschiandosi la gola.

«Voglio intrattenermi un po' con te, se non ti dispiace».

Filippo strinse i pugni.

«Non sono un frocio».

«Neanche io, caro».

Il vecchio aveva una voce suadente e rassicurante, da nonno. Da nonno delle pubblicità. Eppure i movimenti, anche se avvolti dal buio, non erano da vecchio, anzi, erano vigorosi. Perché il vecchio aveva un bastone, è vero. Ma non ci si appoggiava. Era riuscito, pronunciando quelle poche battute, a bruciare le distanze portandosi di fronte a Filippo. Filippo non indietreggiò, non se lo permise. La sua nuova vita di ladro picchiatore poteva iniziare con il pestaggio di un vecchio frocio ciucciacazzi, perché no?

«Tira fuori i soldi, che poi forse te lo faccio vedere».

L'angolo sinistro delle labbra del vecchio si sollevò in un ghigno denigratorio e cattivo.

«Non sono un vecchio frocio ciucciacazzi, caro. Sono una pessima preda per un vero ladro picchiatore».

Filippo indietreggiò di un passo, infilando il piede destro in una pozza melmosa che gli inzuppò la scarpa e gliela rese pesante. Tutte le sue moltitudini e le sue contraddizioni si compattarono in un ammasso di terrore scuro: quell'*uomo* – perché non poteva essere certo un vecchio – aveva letto i suoi pensieri. E Filippo si ricordò improvvisamente che la notte faceva paura. Che non vedere le cose era brutto. Che nell'oscurità tutto si trasforma. Che la tenebra genera mostri.

«Perché io, che sono anche un noi, un voi e un essi, sono l'Uomo dei Sogni, caro».

Mentre pronunciava quelle parole con la stessa attenzione con cui si recita un mantra, l'uomo che sembrava un vecchio indicava le costellazioni con la punta rapace del suo bastone.

«È lo sperma del cielo, caro. Tutti discendiamo dalle stelle».

Il vecchio parlò con voce viscosa, ipnotica, il vecchio afferrò le radici dell'inconscio come si afferrano i fili di una marionetta e prese a manovrarli con sapiente maestria.

«Che cazzo hai detto?», proruppe Filippo come in *trance*. Come chi cerca di risvegliarsi da un sogno che progressivamente si tinge di orrore.

«Quello che hai sentito, caro. Io, che sono anche un noi, un voi e un essi, vivo dentro ai tuoi incubi».

Filippo comprese di trovarsi davanti a uno spostato. E

realizzò d'essere leggero. Quasi incorporeo. Forse stava sognando davvero. Poi scacciò quel pensiero come si scaccia un delirio.

«Devo andare».

«Da chi? Da tuo padre?».

Filippo si voltò e vide gli occhi di quello strano vecchio che si ergeva di fronte a lui, nero come la notte, ma non rassicurante, non come le ombre dei pini e degli aceri. Vide gli occhi accesi come fiamme siderali, ma piccoli, appuntiti: chiodi pronti a penetrare l'anima.

«Che cazzo sai di mio padre? Chi cazzo sei?»

«Io so tutto dei padri e tutto dei figli. E so che i padri e i figli sono il pulsante organo informe del mondo. Gli storpi che corrono sulle anche, gli eserciti mutilati alla voce. Cosa vuoi fare davvero da grande, caro?».

Filippo si accorse che dalle labbra sottili del vecchio gocciolava bava viscosa e biancastra, come quella degli animali. Come quella dei cani quando annusano sangue. Filippo deglutì e rispose: «Il picchiatore», ma la voce lo tradì ancora, come due ore prima davanti a suo padre.

«Ma che bello, ma che bello, ma che bello!», esclamò il vecchio danzando selvaggio. Poi si fermò all'improvviso piantando i suoi occhi in quelli di Filippo. La voce dell'uomo era cambiata. Ora era stridula molto più di quella del ragazzo, era metallica, distorta, agghiacciante; i pori di Filippo si dilatarono come se ogni cellula del suo corpo fosse sommersa dalle profondità del canale.

«Pensa che delusione per tuo padre se tu fossi voluto diventare un… un… *ingegnere informatico*, per esempio!».

Filippo sentì la vertigine, il terrore delle smisurate altezze, la solida superficie terrestre crepare e lui stesso precipitare dentro al suo utero nero. Cercò di risalire in sella alla bici, ma gli occhi restarono lì, incollati a quelli del vecchio che brandì al cielo il bastone, per poi colpire la gomma posteriore della bicicletta, squarciandola col becco rapace.

Fu sempre col becco che agganciò il collo di Filippo, tirandolo a sé. Lo cinse tra le braccia, lo accarezzò viscidamente e gli avvicinò la bocca bavosa all'orecchio.

«Nel mio mondo non c'è dolore, caro. Nel mio mondo c'è solo sperma di stelle, vertigine assoluta, precipizi».

In quel momento Filippo sentì un calore irresistibile scendergli dalle gambe fino alle scarpe. Si ricordò di quando da piccolo sua madre lo stringeva al seno. Si ricordò di tutte le cose belle, rassicuranti, dolci. Sentì l'odore della cioccolata con panna che la mamma di Francesco preparava loro, sentì il piacere bruciante del sogno a occhi aperti, quando si vedeva adulto e realizzato, mentre tutti gli davano del lei e gli chiedevano di progettare un nuovo videogioco interstellare da vendere in tutti i negozi del mondo. Provò dolore, dolore insopportabile. E volle chiudere gli occhi. Non ne fu capace.

«Rinuncia alla lotta, mio caro. La vita ti scortica. Segui me. Ti mostrerò le stelle. Segui noi, tutti noi. Noi siamo sperma di stelle a ingravidare il cielo».

Sentì l'odore dell'urina salirgli al cervello e volle intensamente ritornare ai ricordi di prima. Sentì le gambe perdere vigore e iniziò a provare una mostruosa attrazione per i buchi neri che lo fissavano da un universo nero e melmoso. Sentì l'impulso irresistibile di non esistere, di dimenticarsi, di lasciarsi scivolare via. Vide le stelle. Vide lo sperma stellare di cui era in qualche modo figlio; i suoi occhi si spalancarono, quasi fino a uscire dalle orbite. Sentì le galassie vorticare, le sentì tirare e ne ebbe paura. Sentì la forza fluire via dalle membra e raggiungere le stelle; sentì disciogliersi i fasci muscolari, i nervi e il sangue, sentì *qualcosa* che lo aspirava. Si sentì strappare. Le sue gambe si assottigliarono rapidamente, fino a prendere la consistenza dell'aria, e quel nulla che stava diventando lo divorò fino ai capelli e lungo le braccia. I vestiti caddero come palazzi demoliti ad arte.

Ma esisteva ancora. Ebbe la sensazione del vuoto. Non riusciva più a vedere gli occhi del vecchio. Vedeva solo stelle. Ci stava cadendo dentro, attraverso, risucchiato, come se il Divoratore gli avesse smaterializzato il corpo e ne stesse succhiando via l'anima. Mentre precipitava, Filippo vide che non c'erano cioccolate con panna, né carezze, né videogiochi interstellari, ma solo un abisso di gelido fuoco che si protendeva verso di lui, come braccia affilate e minacciose, come le braccia del padre. Mentre l'unico frammento cosciente si apprestava a raggiungere le soglie del precipizio mentale, Filippo urlò. Urlò da dentro gli occhi del Divoratore; la sua voce risuonò innaturale e terrifica, amplificata dalle casse armoniche dell'universo. Nell'esatto istante in cui Abdul Mustafà si risolse a chiamare la polizia, il Divoratore chinò lo sguardo sulle sue bianche scarpe da tennis e le vide trasmutare in un elegante paio di superbi mocassini. Roteando il bastone s'incamminò senza fretta alcuna da dove era venuto.

Le sue scarpe non lasciavano tracce.

Capitolo tre

Marzo 1986

Quando il Divoratore venne al mondo Denny Possenti aveva sette anni

«Le mie pillole, brutto figlio di troia, le mie fottute pilloleeeee!».

Per placare le urla: pillole. Sempre.

Pillole bianche. A verniciare di nulla i pensieri.

La pelle, grinzosa e opaca, attira solamente la polvere dell'aria, il grigio, il gas di scarico dell'universo. Sara Possenti, trentaquattro anni. E l'anima di un fossile.

Suo marito dipinge. Per placare le urla: tappi. Sempre.

Dipinge con la rabbia di chi copre a strati la vita. Pennellate dense, generose, a incrostare il bianco. Strati a coprire strati. Ad ammazzarli, gli uni sugli altri. Rabbiosi, tetri, inevitabili. Eppure la tela prende forma, significato. Sulla tela, qualcosa che assomiglia a un uomo si va delineando; il suo viso è ceruleo. Le bianche scarpe da ginnastica poggiano su un tappeto di nuvole.

«Le pilloleeeeeee! Figlio di una troia puttanaaaaaaa!».

...Uno due tre e quattro, c'è uno spettro, mangia il gatto. Cinque sei e sette, è la danza delle accette...

Le manine premono contro le orecchie.

...A colpire l'assassino per salvare il suo bambino. Chiudi gli occhi, corri forte, c'è l'odore della morte...

«Le pillole, fottuto fallito di merda!».

...Dentro al bosco, in fondo al fiume, senza occhi e senza lume, troverai un gran mistero, non esiste l'Uomo Nero!

Ecolalia. Denny ripete all'infinito. Siede ai piedi del letto. Testa contro le ginocchia. Ma il figliodiunatroiaputtanafallitodimerda continua a sfogarsi sulla tela.

Denny si alza in piedi. Nervi allo slaccio. Occhi venati di rosso.

Denny apre la porta della sua cameretta.

Denny passa davanti a papà.

Denny agguanta le fottute pillole sul comodino.

Denny le porta alla mamma.

«Bravo figlio mio, tesoro adorato di mamma, mamma ti vuole bene, mamma ti ama tanto, non come quello stronzo di tuo padre».

Denny è un bravo bambino. Le labbra vizze della madre gli baciano la guancia, fiori secchi contro vetro.

Denny guarda la madre ingoiare una manciata di pillole.

Denny guarda la madre sprofondare nella tana del Bianconiglio.

Proprio bravo. Un bravo bambino.

Denny torna verso la sua cameretta.

«Bravo Denny», gli dice papà. Denny getta uno sguardo rapido alla tela.

«È l'Uomo dei Sogni, Denny».

Un uomo sciatto. Nero. Con un bastone in mano. L'Uomo dei Sogni dei poveri.

Denny torna in camera. E si chiude dentro.

15 aprile 2006, ore 23:00
Pietro, sua madre, e la gelosia di Dario

Quella sera Dario spiò dal suo letto il fratello per un'ora e dodici minuti; vide gli occhi di Pietro fissare l'angolo del soffitto per circa mezz'ora, poi vide l'anima sganciarsi dal suo sguardo e gli occhi farsi opachi, vitrei, persi. Pietro dormiva con gli occhi sbarrati. Dario aveva imparato a non averne paura. Ora, nel sicuro silenzio della stanza, nella sua solitudine protetta, Dario provò a ripensare al pomeriggio; gli causava dolore, senso di colpa, frustrazione. Dario non era ancora in grado di dare i nomi alle emozioni. Sentiva solo un calore quasi insopportabile crescergli nello stomaco e farsi strada fino agli occhi, rendendogli innaturale e faticoso deglutire senza sentire l'impellente necessità di singhiozzare. La sera suo padre gli proibì di mangiare e di vedere la televisione. Ma la cosa non gli causò dolore. Anzi. In parte lo alleviava. Sua madre gli diede uno schiaffo al primo tentativo di giustificarsi e lo chiamò stupido, ingenuo, cattivo e irresponsabile. Ma neanche questo gli causò dolore. Poi però sua madre tagliò una fetta di torta a Pietro e gli accarezzò piano i capelli e Pietro non si ritrasse. Lei gli sorrise e Pietro, che aveva imparato a rispondere a quell'emozione, ricambiò.

Dario vide complicità. Questo sì che gli causò dolore. Poi arrivò Morfeo con le sue nuvole pesanti e Dario non si oppose: coprivano il dolore.

Quando alle otto e trenta della mattina di Pasqua sua madre entrò in cucina, trovò Pietro nel suo caldo e sicuro pigiama verde, intento a fissare il tavolo con una strana e quasi vuota espressione che ricordava l'angoscia. Dondolava avanti e indietro. La madre lo chiamò per nome, Pietro non rispose. La madre si affacciò sopra le sue spalle chine sul tavolo. E vide ciò in cui Pietro si perdeva: un Fabriano 4, ruvido, in cui vivevano i fantasmi del pomeriggio precedente animati da una sanguigna e da un carboncino. Il fantasma al centro era un pene in erezione, rosso, prepotente, attaccato fra le gambe di un altro fantasma; un ragazzo dai lineamenti inafferrabili con i jeans sbottonati e la bocca spalancata in un urlo. Attorno a lui c'erano Filippo, Francesco, Dario, l'albero dalle grigie foglie metallizzate.

E dietro alle foglie un vecchio.

«Non succederà più, Pietro. Te lo prometto».

La madre aprì l'anta di rovere chiaro sopra il piano dei fornelli e ne estrasse un piattino verde ricoperto di stagnola. Lo fece scivolare sotto lo sguardo di Pietro mentre delicatamente gli sottraeva il foglio.

«Non lo butto via, non temere, è tuo come tutti i disegni che fai. Lo darò ad Alice e insieme lo metterete nella vostra cartellina dei lavori di quest'anno. Anzi, ho un'idea. Chiamo subito Alice, così le faccio gli auguri di buona Pasqua e le chiedo se vuole fare merenda con noi».

Pietro tolse la stagnola e chinò lo sguardo sulla torta al cioccolato senza panna. Nera.

«Il nero avorio si ottiene dalla calcinazione di polvere d'avorio, oggi è sostituito dal nero di ossa ottenuto dalla calcinazione di stinchi di animali. Si asciuga molto lentamente e presenta un ottimo grado di stabilità. Molto stabile è anche il nerofumo: viene usato con ottimi risultati in tutte le tecniche. Il nero di vite si ottiene dalla calcinazione di tralci di vite. Si presenta in una tonalità a sfondo bluastro. La torta è nero avorio».

La madre affondò deglutendo il nodo che le saliva agli occhi. Salato. Pietro non si curò di lei e non la guardò nemmeno per errore. Mangiò voracemente senza distogliere lo sguardo dal piattino verde.

16 aprile 2006 ore 12:50

Il papà di Francesco è un uomo molto serio

«Dove siete stati ieri?», chiese il padre a Francesco.

Francesco era sconvolto. Continuava a fissare le uova sode nel piatto, sembravano pesare così tanto da sfondarlo. Era la prima Pasqua di paura per lui e i suoi genitori. La prima Pasqua in assoluto in cui Francesco digeriva un lutto. Sarebbe stata l'ultima. Una manciata di ore e sarebbe morto, sopra un masso con su scritto *Cerco fica*.

«Cerca di ricordarti, non c'è niente che ti sia sembrato strano?». Suo padre insisteva.

"A parte umiliare e picchiare un handicappato, no", pensò Francesco. Ovviamente tenne la cosa per sé. Scosse la testa.

Avevano sentito il telegiornale delle dodici e trenta, avevano letto e riletto i giornali. Nessun indizio. Niente. Come spesso succedeva, la notizia non aveva altra funzione se non quella di generare curiose morbosità e nuove forme d'angoscia. Quella mattina il titolo sul «Portavoce di Romagna» confermava quello che Francesco aveva sempre pensato: non era un giornale serio.

X-Files sotto il ponte. Così si intitolava l'articolo. A Francesco venne in mente la prima pagina del «Portavoce» di un giorno qualunque dell'inverno precedente: Rimini si era trovata sepolta per una settimana intera da una coltre di nebbia pesante come cemento armato. *Annebbiati*, questo era stato il titolo.

Questa volta si trattava di *X-Files sotto il ponte*. Francesco pensò che una degna continuazione potesse essere: "Siete tutti invitati all'X-files sotto il ponte: sangria e piada per tutti!". Ma il reale sottotitolo superava la fantasia: *Tredicenne scomparso, sotto i vestiti nulla*. Sotto i vestiti nulla... "Un bel titolo da film porno, in stile *La spada nella doccia...*", pensò.

Nonostante questo, Francesco non sorrise. Il giornalista si era profuso in scemenze di portata universale, ma dall'esito immediato. Non si parlava d'altro. Televisioni, radio, giornali di ogni schieramento sembravano attendere notizie di questo stampo, perfette per distogliere l'attenzione dagli orrori quotidiani, ben più spiegabili e comprensibili.

Squadre di sommozzatori perlustrarono il melmoso fondale del Marecchia; l'unico risultato ottenuto fu quello riscontrato dal ginecologo di una delle tre sommozzatrici, che durante quel piacevole *snorkeling* contrasse una bella candidosi vaginale. I poliziotti sguinzagliarono i cani dopo averli fatti assuefare all'odore di Filippo; i pompieri perlustrarono il perlustrabile, la Scientifica risetacciò il setacciabile. Ma nessuna spiegazione logica sembrava profilarsi all'orizzonte, pertanto il titolo *X-Files sotto il ponte* piacque parecchio.

Quel che comunque restava oscuro era che il tredicenne Filippo Succi fosse veramente *sparito*.

Francesco pensò come pensano i grandi. Razionalmente. Pensò che se qualcuno avesse spogliato Filippo, se qualcuno lo avesse addirittura stuprato o ucciso, il suo corpo da qualche parte avrebbe dovuto comunque trovarsi. In qualunque stato. Pensò che nessuno avrebbe perso tempo a mettere i vestiti in quel modo, nessuno avrebbe spaccato il cerchione della sua bicicletta... senza lasciare tracce.

Pensare come pensano i grandi faceva male. Nessun appiglio contro l'angoscia.

Pensò come pensano i bambini. Pensò che l'unica cosa che avevano trovato era la sua urina. Pensò che Filippo, *il grande Filippo*, se l'era fatta addosso.

Quel particolare lo faceva semplicemente uscire di testa. Doveva essere successo qualcosa di terribile, doveva avere *visto* qualcosa di inaffrontabile.

Abdul Mustafà, che rischiava un linciaggio collettivo, possedendo tutte le caratteristiche che si addicono a un perfetto capro espiatorio, fu scagionato all'istante dopo gli esami del caso; gli era bastato sentire quell'urlo di ragazzino scannato per dare l'allarme. Non si era avvicinato più di tanto, non aveva toccato nulla. E poi, nello stato in cui si trovava, non avrebbe saputo distinguere sua madre da una teiera, figuriamoci se era nella condizione di mettersi a giocare a tetris coi vestiti di Filippo!

Ecco perché la gente aveva paura. Perché il mostro aveva l'inconsistenza dell'aria e il volto dell'ignoto. Così prese per ciascuno le forme delle proprie personalissime paure. Qualcuno tirò in ballo pure gli ufo. Qualcuno tira sempre in ballo gli ufo.

Non fu subito psicosi collettiva. Un caso non basta.

«Ma come cazzo si fa a lasciare andare un figlio da solo di notte, sotto i ponti, Dio Cristo!?!».

«Luciano, per favore».

Ma suo padre aveva ragione. E sua madre lo sapeva. Non avevano trovato il corpo. Ma era morto. O comunque, nessuno lo avrebbe più rivisto. Lo sapevano tutti, anche se nessuno lo diceva. Francesco ebbe un brivido, scansò il piatto con le uova pasquali: gli davano la nausea. Oltretutto non riusciva a non pensare a Pietro, al pomeriggio precedente in cui erano stati tutti insieme per l'ultima volta. Sua madre si alzò e si diresse in cucina, suo padre prese la parola col tipico tono di chi si accinge a svolgere importanti mansioni educative.

«Io e tua madre vogliamo che tu non esca oggi; domani vedi pure Luca se vuoi. Ma di giorno».

«Papà...».

«Dimmi».

Sì. Quella cosa gli pesava da morire. Anche se al novantanove per cento non c'entrava nulla. Anzi, sicuramente non c'entrava nulla, tuttavia in quel momento di dolore era affiorato un bisogno enorme di conforto e comprensione, quasi di *perdono*. Ora che non c'era più Filippo, sentiva di avere bisogno come non mai di essere *amato* e *accettato*. E mentre Filippo lo accettava così com'era, e lo avrebbe comunque accettato anche se fosse stato diverso da com'era, tutti gli altri, genitori in testa, lo amavano perché non potevano farne a meno: *perché era un bravo ragazzo.*

Tutti lo credevano un *bravo ragazzo*. Forse lo era, ma a volte prevaleva in lui la paura di disattendere le aspettative. A volte era più forte il desiderio di infrangere le regole per scoprire cosa nascondessero di così prezioso e fragile da non potere essere infrante.

Voleva conoscersi. Ma se si fosse conosciuto e non si fosse piaciuto? Soprattutto, se non fosse piaciuto agli altri? O meglio, se gli altri avessero smesso d'amarlo? O per essere ancora più chiari: se gli altri stessero amando solo *l'idea* che si erano fatta di lui, ma non lui? Era questo pensiero a fargli male. Se avesse scoperto di assomigliare a Filippo? Certo non assomigliava a Luca. E se non assomigliava a Filippo era perché erano cresciuti in famiglie diverse; ma se il loro spirito fosse stato in qualche modo affine?

La questione era semplice: Francesco a volte aveva pensieri violenti.

Non aveva mai raccontato ai suoi le scorrerie con Filippo e Luca; non aveva mai espresso i suoi pensieri più disturbanti. Ma soprattutto, il giorno prima non aveva difeso Pietro. Si era giustificato con se stesso dicendosi di essere certo che Filippo si sarebbe fermato, che la violenza non sarebbe trascesa in altro. Si era giustificato giurando a se stesso che disapprovava intimamente quello che Filippo faceva. Che lo disprezzava, addirittura. Si era difeso giudicandolo. Non aveva fermato neppure Luca. E ora, alla luce degli eventi, dentro Francesco cresceva un pensiero scomodo e ingombrante, un pensiero difficile da gestire. Questo pensiero sussurrava all'orecchio di Francesco che aveva fatto (e non fatto) ciò che aveva veramente voluto; perché non avrebbe mai accettato di fare violenza a qualcuno, ma era tremendamente curioso di vedere qualcun altro fare quello che disapprovava. Sperimentava sulla pelle degli altri gli abissi della sua mente, come cercare di conoscere se stesso senza sporcarsi le mani.

Se avesse potuto esprimere questi pensieri con lucidità, i suoi genitori lo avrebbero rassicurato sul fatto che certe pulsioni appartengono all'uomo. A ogni uomo. E che ciò che fa la differenza non è nelle fantasie, ma nelle scelte. Ma Francesco, con i suoi dodici anni, si limitò a raccontare i fatti. E li raccontò tutti mangiandosi le parole, con il magone in gola. Omise solo un piccolo particolare: la performance di Luca.

Il padre ascoltò con piglio severo, attento più a quello che avrebbe dovuto dire che a ciò che veniva detto. Proprio per questo, quando suo figlio ebbe terminato la confessione, pensò che avesse raccontato i fatti, dimostrando quindi di essere in grado di discernere il giusto dall'ingiusto. Gli disse che quando la polizia fosse venuta a chiedere qualcosa (perché sarebbe certo venuta), Francesco avrebbe dovuto raccontare esattamente quello che aveva detto a lui.

«Ma...».

«Lo farai eccome, così faranno anche qualche domanda al signor Monti, e tu ti assumerai le tue responsabilità».

E l'argomento fu chiuso. Incomprensione, umiliazione, punizione; tre amiche inseparabili di vecchia data.

Mentre a Francesco riaffiorava alla memoria quella legge fisica secondo cui a ogni azione corrisponde una reazione uguale e contraria, squillò il telefono. Il padre si alzò dalla sedia e sollevò il vecchio Grillo bordeaux, uno di quelli che si aprono sollevandoli, il cui unico difetto, o pregio, a seconda dell'avversione che accompagna il tanto discusso progresso, consiste nel non permettere la digitazione dei numeri di scelta rapida; sul Grillo non ci sono bottoni da premere, ma una rotella da girare, come una volta.

Era Luca. Il padre si sentì in dovere di salutarlo cortesemente e poi di mettere i cosiddetti puntini sulle i. Esordì dicendo quanto fosse terribile quello che era successo e sottolineò che quel giorno Francesco non sarebbe uscito, e che neanche lui avrebbe dovuto, dopo quanto era successo a Filippo, e dopo quello che avevano fatto al povero figlio di Monti. Disse che il loro comportamento era stato *incivile*. Disse proprio così, *incivile*.

Francesco guardò suo padre con un misto di compassione e disincanto. Era la prima volta che lo guardava così. Si sentì più libero, per non dire più solo, indifeso e arrabbiato. Tolse la cornetta al padre.

«Luca».

«Ciao...».

«Dimmi Luca».

«Volevo vederti, ma tuo padre mi ha detto che... cazzo, ma perché glielo hai detto, io ti devo vedere!».

In quel momento suo padre prese il piatto con le uova e raggiunse sua moglie in cucina.

«Oggi non se ne parla, i miei sono tutto il giorno a casa. Vieni stasera, ti faccio salire dalla finestra».

«...No... di notte no».

«...».

«Dài Francesco, con quello che è successo non mi muovo».

«Allora vengo io».

«...Possiamo vederci anche domani».

«Mi hai sentito, no? Dopo cena, verso le dieci e mezzo sono da te, aspettami almeno davanti al portone, che se mi vedono i tuoi sono nella merda».

Il padre tornò in cucina e Francesco riagganciò, senza nemmeno salutare l'amico. Perché non lo sentiva come un amico. Certamente non come un pari. Filippo lo era. Filippo era morto. Questo sì che gli bruciava. Era quasi un fratello: più esperto, più forte, più fragile. Filippo era morto. Francesco sentì un brivido salirgli lungo la schiena e afferrargli la base del collo. Pensò, in qualche modo rapido e sotterraneo, di prendere il suo posto. Per non dimenticarlo. Era convinto che qualunque cosa avesse potuto fare, Filippo non lo avrebbe mai giudicato. A differenza del mondo intero e a differenza di quello che il giorno prima Francesco aveva fatto proprio con lui.

16 aprile 2006, ore 17:00
Una lussazione alla regola

«Pietro, sono sicura che ce la fai a parlare, devi solo respirare e concentrarti».

Dall'altra parte del tavolo Pietro dondolava il busto avanti e indietro; gli occhi incollati all'angolo del soffitto. La scena era la stessa da venti minuti.

«Ok, Pietro. Oggi facciamo un'eccezione».

"E se lo sa il centro mi radiano dall'albo", pensò Alice. Si alzò dalla sedia e accese il computer.

«Devi cercare di tenere la testa dritta, così vedi meglio quello che scrivi».

Se Pietro fosse stato in grado di parlare delle proprie emozioni, le avrebbe detto che, se gli occorrevano almeno quindici minuti per assestarsi correttamente sulla sedia, non era perché si era dimenticato come si dovesse stare o perché non ne capisse l'importanza; ma era l'imbarazzo e la gioia incontenibile di potere finalmente esprimere se stesso. Era come se Alice gli stesse gettando una chiave dentro la gabbia in cui era nato. Due anni prima, durante le ore che avevano dedicato alla Comunicazione Facilitata, Pietro si scordava di essere handicappato o, come dicevano gli altri, autistico. Ma lui si sentiva handicappato, altroché. Oltretutto non aveva avuto la grazia della stupidità, pertanto non solo era in gabbia, ma ne era consapevole. Comunque, qualcuno decise improvvisamente che la Comunicazione Facilitata non andava più bene. Secondo questo qualcuno Pietro non era handicappato, ma appunto autistico. E per di più non uno qualunque, ma uno di quelli con la sindrome di *Asperger*. Di quelli intelligenti. E verbali. Pertanto questo antipaticissimo qualcuno decise che fosse giunto il momento per Pietro di rendersi autonomo, almeno nella comunicazione. Alice fu d'accordo. E Pietro con loro, suo malgrado. Perché non voleva più sentirsi handicappato e perché voleva più di ogni altra cosa potere dire "stronzi" a tutti quegli stronzi che lo facevano impazzire prendendolo in giro. Desiderava più di ogni altra cosa dire "stronzi", piuttosto che mettersi a sfarfallare le mani come un idiota e a gemere. Cosa che avveniva sempre. Tuttavia, quel pomeriggio, Alice decise di riappropriarsi in via del tutto transitoria di quello strumento prima osannato e poi maciullato dalla scienza. La Comunicazione Facilitata, appunto. Perché quello era un pomeriggio speciale, un'eccezione. Perché Pietro aveva vissuto un trauma. E il trauma gli aveva cucito la bocca, agitato lo stomaco e frullato il cervello. Quando succedevano quelle cose, le domande sembravano *milk shake* di parole vuote e assordanti. Lo spaventavano. E lo incatenavano nel suo mondo di vetro.

«Bravo, bravissimo Pietro! Così va meglio, vero?».

Alice aveva ventisette anni, un ovale perfetto, gli stessi occhi color sottobosco di Pietro, ma senza riflessi ambrati. A un osservatore superficiale potevano apparire comuni. Ma non erano comuni. Erano speciali. Alice era speciale, lo era senza dubbio per Pietro. Si erano incontrati per la prima volta tre anni prima, lui sapeva che lei sarebbe stata la sua nuova educatrice e aveva deciso di non darle la minima soddisfazione. Le educatrici non gli erano mai piaciute. Lei però non disse niente e non se ne ebbe a male. Restò tutto il pomeriggio vicino a lui senza toccarlo e senza chiedergli nulla, si limitò a *esistere* insieme a lui. Nella stessa stanza. Che Pietro possedesse un'intelligenza superiore alla media lo aveva capito subito, anche senza conoscere il suo QI.

Quel pomeriggio decise di non pianificare l'ora di Comunicazione Facilitata. Pietro aveva tutta la giornata strutturata, e questo lo aiutava a prendere coscienza del mondo; a scenderci a patti. Ma in quel momento, con l'ausilio del computer, Pietro poteva immergersi nel suo universo e portarlo fuori. Senza le fatiche di sempre. Annichilenti. Alice si limitò a proporgli un tema che sperava avrebbe fatto breccia nella diga.

«Pietro, tua mamma mi ha mostrato il disegno che hai fatto stamattina. Me ne vuoi parlare?».

Pietro si portò istintivamente le mani alla faccia sfregandosela forte. Era lo sputo che ancora corrodeva la sua sensibilità. Alice estrasse dalla sua cartellina il disegno che la madre di Pietro le aveva consegnato poco prima e lo posò sul tavolo accanto al computer; poi sfiorò il collo di Pietro con la punta delle dita; era un gesto "facilitatore". Pietro lo accettava volentieri perché quel tocco non era una richiesta di affetto e non comportava alcun investimento emotivo, quel tocco voleva dire una cosa precisa e semplice: scrivi. Così Pietro si aggiustò sulla sedia, raddrizzò la testa, posò lievemente le dita della mano sinistra sulla tastiera e…

Tic. Tic. Tic.

Iniziò a scrivere.

Pietro non sa

«Cosa non sai, Pietro?»

Ieri un ragazzo ha fatto male a Pietro e Pietro non sa perché. Ha sputato a Pietro e gli ha dato due pugni forti sullo stomaco e ha detto che mia mamma mi fa le seghe e io non so perché gli altri ridevano e mio fratello piangeva e stava fermo e mi ha portato lui da loro. Mio fratello è cattivo.

«Tuo fratello è molto dispiaciuto per quello che è successo. L'hai visto piangere, ricordi? Ti ricordi che quando una persona piange, piange perché è triste? Tuo fratello non voleva che gli altri ti facessero male. Non sapeva che lo avrebbero fatto».

Non voglio che succeda più.

«Non succederà più, Pietro. Quanti erano i ragazzi?»

Erano come nel disegno. Alice?

«Dimmi Pietro».

Perché fa così?

Pietro prese il disegno e indicò il pene di Luca. Alice pensò che strutturare anche quel momento non fosse poi un'idea così malvagia.

«È un modo per dare piacere a se stessi, è... è una sensazione fisica. Ma quel ragazzo ha sbagliato a farlo davanti a te in quel modo, è una cosa... privata. È una cosa da fare in privato. Come... come quando vai in bagno».

Alice non trovò brillante la sua spiegazione, tuttavia era di fondamentale importanza che Pietro non si masturbasse in pubblico. Come molti autistici facevano abitudinariamente dall'adolescenza alla tomba, perché nessuno aveva mai insegnato loro l'importanza della dimensione privata. Veniva solo detto loro di non farlo. Come se la sessualità fosse una prerogativa dei normodotati.

«Perché l'altro mi ha fatto male? Perché l'altro mi ha fatto male, perch...».

Pietro iniziò a strofinarsi la faccia con le mani, forte. Il ricordo dello sputo di Filippo gli bruciava ancora sulla pelle, più dei pugni.

Odiava il contatto con gli altri. Quella era stata una vera e propria profanazione del suo diritto a isolare il mondo. E il non riuscire a parlare in modo sciolto di un argomento così importante lo frustrava oltre ogni misura. La sua testa era come un processore in cui troppi programmi venivano aperti e chiusi continuamente, senza dargli il tempo di elaborare i dati. Il suo corpo impazziva. Le mani iniziavano a sfarfallare, il corpo a dondolare, e pure la sua stupida testa. E più cercava di fermarla più quella si prendeva gioco di lui.

Quelli erano i momenti in cui Pietro diventava violento con se stesso.

Alice gli prese bruscamente i polsi. Sapeva quanto Pietro odiasse le imposizioni. Ma non glieli lasciò.

«Pietro fermati, basta, ti fai male. Puoi parlare, lo sai, ma se non ci riesci perché sei troppo arrabbiato, puoi scrivere. In ogni caso hai la possibilità di farmi comprendere tutto quello che vuoi e io ti capirò e sarà bello».

Se gli avesse afferrato i polsi in quel modo l'anno precedente, con ogni probabilità Pietro avrebbe avuto un accesso, forse una crisi epilettica. Ma stava migliorando. Alice inspirò ed espirò profondamente ricordandogli come doveva ossigenarsi.

«Sono stanco».

Pietro fissava l'angolo del soffitto. Dondolava.

«Lo so, Pietro. Ma sei anche molto bravo. Stai imparando tante cose».

«Non voglio essere handicappato».

Le si strinse il cuore. Pietro aveva quattordici anni. Sarebbe certamente diventato un adulto quasi del tutto autosufficiente. E nella sua condizione era una fortuna e una rarità. Ma l'autismo non è un'influenza che passa. L'autismo è. Esiste. Fino alla fine.

«Sei un ragazzo speciale e intelligente, Pietro. Ma se vuoi diventare sempre più capace di fare ogni cosa, devi impegnarti. Troverai molte persone arroganti e stupide che ti offenderanno con la loro stupidità, proprio come quei ragazzi».

Prese in mano il foglio e glielo mise sotto gli occhi.

«Ma troverai altre persone che ti apprezzeranno e ti vorranno bene».

Pietro fissò lo schermo come se vi cercasse l'anima. Lo penetrava. Guardava oltre. In un oltremondo irraggiungibile e immobile. Però aveva ascoltato e capito. Respirò forte e la sua voce spinse fuori una domanda chiara e ben articolata.

«Chi è questa persona?».

Indicò il vecchio dietro le fronde argentate.

«È stato lì per tutto il tempo, Pietro?»

«Sì».

Alice annuì. Pensò la stessa cosa che era balenata nella mente del commissario Marzi: "Un altro pedofilo del cazzo".

«Se un bambino è in difficoltà gli adulti lo...».

Pietro riprendeva ad agitarsi. Alice lo calmò pronunciando per lui le parole.

«Lo dovrebbero aiutare, è vero. Ma non è sempre così. Hai ragione, Pietro».

Alice osservò ancora il disegno, squadrò la sagoma del vecchio dietro le fronde, le sopracciglia si inarcarono, il suo viso si contrasse. Sentì freddo. E si sentì stupida.

«Se vedi ancora questa persona dimmelo, Pietro. Mi raccomando. Spegni pure il computer. Come vedi non ne hai più bisogno. È solo un piccolo aiuto in più nelle giornate difficili, ok?».

Pietro annuì, per quel giorno poteva bastare. Un altro preziosissimo ponte fra i loro mondi era stato edificato.

16 aprile 2006, ore 22:00

Spiaggia di Rimini, Rockisland

La sera calò rapida e inesorabile. Tutti si rintanarono nelle loro stanze come formiche, con la mente già farcita degli impegni del domani; scadenze, paure, progetti, numeri da chiamare, bollette, relazioni, solitudini. Ivan aveva bevuto fino a scoppiare. La moglie lo trascinò di peso sul divano della sala, perché nel letto non lo voleva. La moglie non versò una lacrima. Se avesse resistito al pianto avrebbe ancora potuto fingere. Ma dentro, le sue contraddizioni vorticavano, graffiando i tessuti come scorie di vetro impazzite.

Intanto, quattro isolati più a sud, fra le accoglienti e moderne pareti del loro salotto, i genitori di Francesco baciavano il figlio: la madre sulle guance, il padre sulla fronte. Francesco si avviò con passo fermo verso la sua stanza e chiuse la porta, si infilò sotto le coperte e fissò il poster dei Red Hot Chili Peppers senza vederlo. Pensava a cosa fare se lo avessero scoperto. Niente, pensò. Non avrebbe fatto niente. Soltanto quando non sentì più nessun rumore provenire dal bagno dei suoi si decise a calciare via le coperte. Si tolse il pigiama che aveva indossato durante la cena, estrasse dall'armadio i suoi jeans dei giorni incazzati, color nero sbiadito, vissuti; afferrò la sua felpa con il cappuccio verde militare, calzò le All Star grigie, infilò la giacca a vento, e senza fare rumore aprì la finestra.

Abitare al primo piano era una fortuna per i ladri e per i ragazzi incazzati, pensò. Fu subito fuori. La notte era limpida e luminosa, la luna donava a Francesco il suo volto rubicondo e splendente. Era naturale pensare che la notte fosse buia e tingesse tutto di nero, ma Francesco si rese conto per la prima volta che non era così. C'era un'infinità di verde: dal brillante all'opaco; infinite gradazioni di grigio e un'enormità di blu, come se il mondo respirasse sul fondo del mare. C'era anche il bianco, baluginante e pallido. La notte non gli parve poi così nera. Si decise ad attraversare il parco. Poteva prendere la strada, certo, ma era meglio non rischiare; i vicini erano stati creati apposta come punizione divina, ne era sicuro. Gli venne in mente la signora Buda, che abitava proprio dall'altro lato della strada e che si ostinava tutte le volte a dirgli: «Ma lo sai che stai diventando proprio un bell'ometto? Ce l'hai la ragazzina?», e pensò che le potesse venire improvvisamente voglia d'innaffiare i suoi gerani avvizziti proprio alle dieci di sera. O magari poteva essere colta dal raptus della tovaglia; Francesco se la immaginava, grassa e brutta com'era, avvolta nella sua vestaglia come un cotechino, girarsi e rigirarsi nel letto pensando: "Ma l'avrò sbattuta bene? E se fosse rimasta qualche briciola? Meglio che vada a sbatterla ancora!". Ma lui, invece, pensava: "Chissà da quant'è che non se la sbatte nessuno, la signora Buda. Quella mi vede uscire, mi dice che sono proprio un bell'ometto, mi chiede se ho la ragazzina, io le rispondo di no e quella mi si avvinghia addosso come una patella. Oddio. E se le rispondo di sì, che ce l'ho la ragazzina, anche se non è vero, quella magari non ci sente".

Insomma, visto che Francesco abitava in via Muscolini 22, la seconda parallela rispetto alla casa di Pietro, e che dalla finestra di casa sua poteva vedere il sentiero erboso che portava al parco Marecchia, pensò che fosse addirittura logico passare da solo, di notte, per il parco.

S'incamminò. Sapeva bene che quel tipo di passeggiata non era consigliabile, ma dovette riconoscere che quel silenzio gli piaceva molto di più dello stupido chiasso che s'incontra di giorno; era affascinato dai rami, dal loro scivolare gli uni sugli altri, intricandosi e contorcendosi come dita, come pensieri, mani e lingue. Di giorno invece erano solo rami.

"Entro nel loro regno", pensò. E si sentì pervadere da un brivido nuovo. Lo avrebbe chiamato... sì, lo poteva chiamare libertà.

"Se a disobbedire si prova questo, voglio disobbedire sempre", pensò. Ma la nota di base era comunque la tristezza. La riconosceva, se la sentiva in bocca e aveva il retrogusto del sale. Vide muoversi qualcosa dietro a un cespuglio. Cambiò istintivamente sentiero. Stava camminando da una decina di minuti e ora si trovava nel cuore pulsante del parco. Nessuna luce. Niente. Solo verde cupo, blu scurissimo e grigi che sfioravano il nero. Poco bianco, pochissimo. La luna filtrava a stento fra le fronde. Francesco si fermò. Sentiva il verso degli uccelli notturni e del vento, la fragranza della primavera esalare dalla terra; avvertì quasi un senso di irrealtà, ma si trattava più semplicemente di uno schema del tutto nuovo di *realtà*. Di un nuovo paradigma, un crollo dell'abitudine; un preziosissimo tassello in più nel grande mosaico del cosmo interiore. L'emozione gli provocò un brivido improvviso, Francesco riprese a camminare.

Luca abitava in viale Principe Amedeo, che corre dritto fino alla Fontana dei Quattro Cavalli; ancora quindici minuti di cammino a ritmo sostenuto e sarebbe arrivato in orario perfetto.

Ora, davanti a sé, Francesco vedeva riverberarsi il Marecchia che fluiva pacifico sotto il Ponte di Tiberio, gli alberi andavano sempre più diradandosi mentre si avvicinava al cuore della città. Desiderava entrare in quel cuore, ma allo stesso tempo sentiva che lì, in quel parco, era accaduto qualcosa di speciale con se stesso. Non aveva granché voglia di vedere Luca, non era certo per lui che si trovava lì. Ciò che l'aveva spinto a uscire di casa come un ladro era il bisogno di vivere a modo suo il dolore, senza dover vestire subito la rabbia con abiti borghesi tirati a lutto, ma potendo sentirla scorrere calda, bruciante nelle vene. Voleva essere libero di portare sulla faccia l'espressione che più gli calzava, senza doversi preoccupare di fornire al mondo e ai genitori alcun tipo di spiegazione. Voleva dire a Filippo che non lo avrebbe mai dimenticato. Voleva dirgli che non avrebbe fatto finta che fosse un giorno qualunque, perché non lo era. In un eccesso di ingenuo furore si immaginò addirittura come giustiziere della notte, come vendicatore dell'amico perduto: "Lo troverò quel bastardo, te lo giuro".

E lo avrebbe trovato.

Risalì il sentiero di ghiaia che portava al Ponte di Tiberio e continuò a camminare sull'asfalto, verso il mare. Le macchine, poche, pattinavano a quella velocità che ogni automobilista tiene quando si sente il re della strada e fuori pulsa la notte.

Camminò fino al Teatro Novelli e poi girò a destra. Viale Principe Amedeo, che nell'immediato dopoguerra era stato uno dei più rigogliosi e benestanti viali della riviera, ora era soprattutto un ritrovo di puttane e spacciatori. Si avvicinò alla casa di Luca, civico numero 119, e lo trovò lì, con le spalle contro il suo cancello e la faccia di chi se la sta facendo sotto. Francesco decise di non farsi vedere, gli piombò alle spalle facendolo urlare.

«Ma che sei scemo?! Testina di cazzo!».

Francesco rideva senza rendersi conto di esorcizzare la paura che aveva provato e a cui non aveva lasciato spazio.

«Hai fatto troppo una faccia da scemo!».

«Smettila di ridere, porca puttana, i miei non lo sanno che sono qui».

Prese fiato.

«E poi non c'è niente da ridere».

Francesco si fece serio. Per una volta Luca aveva ragione.

Camminarono per mezz'ora. Andarono verso la fontana e poi oltre, fino alla spiaggia. Si tolsero le scarpe e Francesco camminò con i piedi nell'acqua gelida. Non proferirono parola. A nascondere l'imbarazzo del silenzio c'era la risacca del mare, lo schiaffo delle sue onde contro la battigia, e più avanti contro gli scogli del porto.

«Andiamo sotto il Rockisland, ti va?».

Luca annuì e fece per rimettersi le scarpe.

«No, scalzi. Passiamo per gli scogli. Così non ci vede nessuno».

Scivolarono sugli scogli umidi, veloci e furtivi.

«Guarda Cisco che se mi sbuca una pantegana io urlo, poi ti butto in mare».

Davanti a loro si ergeva il Rockisland come un'enorme e lugubre palafitta. D'estate invece ci ballava la gente. Le fondamenta del pub erano composte da almeno un centinaio di pilastri color del rame, ruvidi, abrasi, ricoperti per circa un quarto da strati e strati di cozze lucide e nere che il riflusso del mare incessantemente nascondeva e svelava. Lì, dove il sole non poteva filtrare, si riproducevano granchi e topi, i ragazzi ci andavano a fumare, e qualche coppia romantica poco convenzionale ci scopava.

Ma quella sera non c'era nessuno. Al Rockisland si accedeva tramite un portone collocato sulla passeggiata del porto. Appena si entrava si sapeva che sotto la superficie calpestabile di legno opaco non c'era terra, ma il mare; sull'altro lato invece, si apriva una grande terrazza a cui erano appese enormi reti da pesca lasciate lì come ornamento. A Francesco quelle reti sembravano il circo dei gabbiani; gabbiani funamboli in equilibrio sui fili di quella maglia che la luna rendeva iridescente. A Luca invece sembrava un confuso stendino, perduto da qualche gigante, intricato e ammassato lì dalla corrente. Poi Luca urlò. I gabbiani si alzarono confusamente in volo disperdendo garriti acuti e penetranti; la rete, abbandonata, prese a dondolare ai venti della sera. Luca sembrava soddisfatto, aveva raggiunto il suo scopo. Francesco riconfermò il suo pensiero su di lui, ma non disse nulla. Neanche questa volta. Di una cosa però erano certi entrambi: erano arrivati.

«E adesso?».

Francesco non rispose. Continuò a incedere sugli scogli aggrappandosi ai pilastri color del rame, umidi e rugginosi, fino a portarsi sotto il locale, sotto quel pavimento che faceva da gocciolante e umido tetto. Pensò che la vita era tutta una questione di punti di vista. Si accucciò contro gli enormi massi che erano stipati a protezione contro la parete; più in fondo non si poteva andare, l'accesso era sbarrato da una rete di ferro arrugginita che sembrava urlasse: tetano. Laggiù, su un esiguo budello di cemento, c'era solo il faro. Oltre solo mare, mare e ancora mare.

«Cisco...».

«Mmm».

«Cisco, mi spieghi perché cazzo dobbiamo stare qui sotto?! Mi vengono i reumatismi solo a vederti».

«Vieni».

Luca sbuffò, i modi di Francesco lo urtavano, non si era mai comportato in modo così... autoritario. Attribuì quello stato al dolore che si trovavano a vivere e obbedì, procedette a tastoni cercando di non tagliarsi con le punte aguzze degli scogli, poi gli scivolò una mano, per la precisione proprio quella che reggeva le scarpe. Si infradiciarono all'istante.

«Porca puttana!».

Francesco vide tutta la scena, ma non gli venne per niente da ridere. Anzi. Più guardava Luca più pensava che sarebbe stato meglio andarci da solo, lì sotto.

«Finiscitela».

Luca si girò verso Francesco con gli occhi di un giovane toro a cui è caduta in testa una bandiera rossa.

«Oh, ma finiscitela tu, cazzo! Guarda dove mi porti! Ma non si poteva fare due chiacchiere come la gente normale?! Non potevamo parlare di...». Groppo in gola.

«Di Filippo?».

Luca annuì.

«Vieni».

Luca sbatté le scarpe, si portò una mano fra i capelli e riprese ad arrampicarsi verso Francesco. Si sedette al suo fianco. Rimasero in silenzio per cinque minuti. In quel lasso di tempo Francesco respirò e riuscì a non pensare a niente; si lasciò semplicemente penetrare le narici dall'odore pungente di salmastro, mentre le sue orecchie cercavano di carpire ogni sgocciolio, gorgoglio e riflusso che esisteva nel suo raggio di percezione; poi lentamente, in quella viva oscurità di suoni e umori si fece strada l'immagine di Filippo. Francesco non fuggì, la guardò e la respirò. Accettò quel dolore. Luca invece pensava a diverse cose: che lì sotto non gli piaceva, che faceva un umido bestiale, che una cosa era cacciare le pantegane di giorno, lungo la camminata del Marecchia, ben altra invece sentirsi preda delle pantegane in casa loro, di notte; che si era infradiciato le scarpe, sporcato i calzoni e sicuramente avrebbe trovato qualcosa di non proprio impeccabile anche sulla felpa, che sua madre se ne sarebbe accorta e che lì sotto non gli piaceva. Essendo l'ultimo pensiero uguale al primo, è facile capire come si riproducessero ciclicamente nella sua testa senza dargli tregua.

«Luca, pensi che Filippo abbia avuto paura? Voglio dire... hai letto i giornali, ecco... lui... lui è sempre stato uno tosto eppure si è...».

Pisciato addosso. La ruota dei pensieri nella testa di Luca si spezzò. Pisciato addosso. Questo intendeva Francesco e questo Luca comprese. Immersi in quella semioscurità discreta, fu permesso a entrambi di arrossire senza essere visti e senza aggravare il reciproco imbarazzo. Perché il pisciarsi addosso era una cosa da bambini. Filippo, nel loro immaginario, doveva invece avere lottato come un uomo. Come un animale. Come un dio.

«Insomma. C'è una cosa che mi chiedo e questa cosa mi fa una paura fottuta, perché Filippo è sempre stato il più forte... ecco, mi chiedo: che cosa ha visto?».

I peli di Luca si rizzarono come scaglie sollevate da piccole lame affilate.

«Io... io non lo so. Io penso che sia stato un maniaco. Un porco. Un figlio di puttana, però...».

«Però?»

«Cazzo, Francesco, i vestiti!».

L'oscurità fu ancora una madre per loro. Se si fossero potuti osservare alla luce impietosa del sole avrebbero visto angoscia e terrore campeggiare nei loro sguardi e li avrebbero alimentati a vicenda, fino a credere in chissà quale *cosa*.

«Troveranno una spiegazione, vedrai, la troveranno...».

Luca fu scosso da una raffica di brividi gelidi, si strinse nella felpa e si chiuse le ginocchia al petto. Sentì il bisogno di giustificarsi.

«Fa un cazzo di freddo qui».
«È solo molto umido».
«...Secondo te cosa è, voglio dire, cosa gli è successo?»
«Non lo so».
«Ma secondo te, dico».
«Non lo so».
«...».

Francesco si stese a pancia in sotto sugli scogli e immerse un braccio nell'acqua, inzuppandosi la manica e provando nello stesso momento un impellente bisogno di pisciare.

«Secondo te è vivo?»
«No».

Si alzò in piedi e si sbottonò i jeans dei giorni incazzati, pisciò lì davanti, senza curarsi dell'odore pungente della sua urina né degli schizzi. Luca si alzò di scatto.

«Cazzo, Francesco, sto male anch'io, ma tu sei proprio fuori di testa, proprio così devi pisciare?!».

«Puoi andare se vuoi».

Luca inclinò la testa da un lato, per capire se diceva sul serio.

Diceva sul serio.

«Mi stai dicendo che devo levarmi dai coglioni?».

Francesco si scrollò l'uccello e se lo rimise dentro.

«Mi stai dicendo che devo tornare a casa da solo?»

«Sì. Sei un aspirante teppista, no? Se incontri uno che ti fa paura picchialo per primo. Funziona così. Tu lo sai fare meglio di me».

La paura lentamente scivolò via da Luca, Francesco gli aveva ricordato chi era: un teppista. E gli affronti erano stati troppi. Gli fu davanti e lo spinse; mancò poco che Francesco rovinasse sugli scogli. Riuscì ad aggrapparsi a uno dei pilastri, ma invece di uno scoglio, il suo piede incontrò un interstizio che lo inghiottì fino all'inguine, lacerandogli il polpaccio contro gusci di cozze frantumate. Gridò per il freddo e per il sale che gli mangiava la carne tagliata, poi, con l'altro piede e con le mani, si aiutò ad alzarsi. Luca lo guardò con aria di sfida, non avanzò neppure di un passo verso l'*amico*. Non l'avrebbe aiutato nemmeno se fosse precipitato giù tutto intero.

«Ma che cazzo fai?! Lo sai che potevo rompermi la testa?! Sei uno stronzo! È fredda, porca puttana!».

«È solo molto umida».

Si amò alla follia per essere riuscito a restituirgli la battuta. Gliele aveva restituite tutte con gli interessi. Aveva calmato Francesco, l'aveva ridimensionato. E ora lui se ne stava lì, gocciolante, con i jeans rovinati e un bel taglio sul polpaccio.

Quella era l'occasione che Francesco aspettava, poteva picchiare, poteva conoscere, poteva esplorare, vendicarsi, pretendere rispetto, poteva farlo ora e di persona; gli sarebbe bastato seguire i flussi del sangue, farli salire al cervello spegnendo il giudizio. Poteva. Invece chinò il capo.

«Togliti dai coglioni, voglio restare solo».

Luca non trovò niente di meglio che sghignazzare.

«E stacci. Chi ti dice niente. Spero che una pantegana ti salti alle palle e te le stacchi a morsi. Coglione».

Luca sputò in acqua, Francesco osservò la saliva disperdersi nel mare, vide che era bianca, baluginante e pallida come la luna. Poi fu divorata dal nero.

Luca gli diede le spalle e se ne andò, realizzando solo in quel momento che sarebbe tornato a casa solo.

16 aprile 2006, ore 22:45

È solo un sogno

Nello stesso momento in cui Luca sputò in acqua, Pietro dal suo letto spalancò gli occhi e iniziò a urlare.

E non smise.

I genitori stavano facendo l'amore, all'inizio non sentirono il figlio, poi si rassegnarono all'idea.

La signora Monti corse nella sua stanza avvolta nella vestaglia verde.

«Io non ci voglio più dormire in camera con Pietro!», frignava Dario, uno dei pochi bambini coi pestoni sotto agli occhi.

«Dario, per favore».

Pietro gemeva e calciava via le coperte; la madre gli sedette accanto; la spinse via.

«Pietro, non ti tocco, cos'hai fatto, dimmelo, ti fa male qualcosa?»

«Mamma io ho sonno!», insisteva Dario.

«Piantatela, per favore».

Dario si nascose sotto le coperte e senza voce disse in fila tutte le parolacce che conosceva e anche quelle su cui era incerto. La cosa gli diede pace.

La madre provò a risedersi accanto al figlio, questa volta Pietro le guardò la vestaglia, lasciò fare.

«Hai fatto un brutto sogno, Pietro?»

«Un incubo. Un incubo. Un incubo. Un…».

«Ho capito Pietro, calmati, dimmi cos'hai visto».

«Il vecchio del disegno, il vecchio dietro l'albero, il vecchio del disegno».

La madre si corrucciò, aveva notato il vecchio nel disegno e sapeva che cosa uno di quei ragazzi avesse fatto davanti a suo figlio. Fece anche lei la più ovvia delle associazioni.

«Che cosa faceva il vecchio, Pietro?».

Dario lentamente riaffiorò dalle coperte. Aveva i capelli arruffati e l'espressione curiosa. Pietro prese a sfarfallare le mani e a guardare nel vuoto. Sua madre iniziò a preoccuparsi.

«Dove l'hai visto?»

«Nel sogno, nel sogno…».

«E basta? Pensaci bene».

«Sì, sì, basta, sì».

La fronte le si distese, sfiorò appena i capelli biondi del figlio.

«Allora non devi preoccuparti, Pietro. È solo un sogno. Non è reale».

Pietro le fissava la vestaglia. Non parlò. Il suo respiro riprese regolare, i lineamenti si rilassarono.

«Se hai bisogno chiamami, ma ora cerca di dormire, anche Dario ne ha bisogno».

«Eh già!».

La madre sorrise e si andò a sedere sul letto di Dario, lo strinse forte a sé, fortissimo, come Pietro non avrebbe mai permesso, lo strinse come se su Dario potesse convogliare tutto l'affetto frustrato che si portava addosso.

«Ahia!».

«Macché ahia! Non fa mica male!».

Gli sorrise, gli diede un bacio, li salutò entrambi e spense la luce.

Quando ritornò a letto lei e suo marito si baciarono teneramente. Niente di più.

«Ha fatto solo un brutto sogno».

E spensero la luce.

16 aprile 2006, ore 23:00

Vinco o perdo?

Solo, scalzo, in un'oscurità che sapeva di sale, Luca amò immaginarsi come uno di quelli che di notte è meglio non incrociare, uno con cui non si scherza.

Si lasciò alle spalle gli scogli e si arrampicò sul muretto di cemento che li separava dalla passeggiata del porto. Ci camminò sopra in equilibrio, pensando a come aveva zittito Francesco.

Pensò a Filippo. Pensò che ora non c'era più un *leader*, e che poteva senza alcun problema sostituirlo. Mentre pensava a tutto questo gli angoli delle sue labbra si piegarono impercettibilmente verso l'alto, in un ghigno superbo ma non cattivo; arrogante e stupido, piuttosto. Insolente.

Arrivò fino alla fine del muretto. Ora poteva scegliere se proseguire sul cemento o sulla sabbia. Aveva voglia di sentire qualcosa di soffice sotto la pianta dei piedi, provati dagli scogli e dal cemento. Balzò giù e prese a correre. La spiaggia era lucente, soffice e fredda. Si fermò all'altezza del bagno numero tre; prese fiato e buttò a terra le scarpe, consapevole che si sarebbero definitivamente insozzate e che sarebbero state usate contro di lui nel tribunale materno. "Cazzo". Era proprio solo. In lontananza vide un gruppo di ragazzi non propriamente smilzi avanzare nella sua direzione. Gli venne in mente la notizia di cronaca nera che gli era capitato di leggere sul «Portavoce di Romagna» l'estate precedente. L'articolo s'intitolava: *Violenza al mare*. Quattro nordafricani avevano violentato a sangue un uomo. Magari quelli che gli venivano incontro erano scout in uscita libera, pronti a celebrare un bel canto di pace proprio in riva al mare, ma non gli sembrò il caso di verificare. Pertanto si disse che, o se ne fregava dei piedi scalzi e si metteva a correre sul cemento, col rischio di essere fermato da due onesti e preoccupati poliziotti che lo avrebbero riaccompagnato a casa perché potesse ricevere un'onesta punizione, o altrimenti non gli restava che tornare da Francesco. Optò per la terza soluzione che gli balenò in testa dal nulla. Calzò le All Star in tempi record e si buttò in strada camminando come niente fosse. Stranamente scelse la soluzione più intelligente. Peccato solo che gli sembrasse di camminare dentro a due grattugie; c'era così tanta sabbia nelle scarpe da limare il suo quaranta fino a farne un trentasette. Tuttavia continuò.

***

Francesco aveva freddo. I pantaloni gli pesavano, zuppi e gelati; si era seduto rannicchiandosi il più possibile nel tentativo di scaldarsi, reso vano dalla pozzanghera che, fradicio come un pulcino, stava alimentando. "Fantastico", pensò. "Il primo caso di reumatismi al culo". Oltretutto il polpaccio gli bruciava. Era l'unica cosa a dargli calore, nell'unico punto in cui non avrebbe comunque sofferto il freddo. Ma non aveva voglia di alzarsi, non ancora.

Non aveva reagito. Perché era un bravo ragazzo. Storie. Non aveva reagito perché non ne era stato capace; quella era la verità. Lui era bravo solo con le parole. Era bravo in quello che la gente si aspettava.

Era bravo nelle cose facili.

Prima però, da solo al parco, aveva mostrato coraggio. "Sì, ma da solo non conta", pensò. All'improvviso sentì un fruscio e uno splaff. Si girò di scatto e vide un dorso peloso e scuro affiorare dall'acqua e prendere il largo, vide all'estremità del dorso una lunga coda spessa e liscia. Non era un codardo. Luca al posto suo avrebbe urlato.

In quel momento ebbe la sensazione di assorbire l'acqua. Fu sgradevole e pungente. Quasi come il taglio fresco sulla sua carne salata. "Una crudità deliziosa pronta per essere gustata", pensò.

Decise di alzarsi, prima che l'umido gli impregnasse le ossa; mentre si passava le mani sui pantaloni per pulirli, si accorse di tutta la sabbia invisibile che rivestiva gli scogli e che gli si era appiccicata addosso. Si guardò le scarpe. Fradice, lerce. Pensò al parquet della sua stanza. Pensò che se anche fosse entrato scalzo dalla finestra e magari anche nudo, avrebbe sparso sabbia lo stesso. Pensò che in fondo non gliene fregava nulla. Solo in quel momento si accorse di essere rimasto seduto per tutto il tempo su un masso con sopra scritto *Cerco fica*. Era scritto in un chiaro stampatello, con indelebile nero. Francesco pensò che, se anche fosse esistita una donna disposta a fare un'opera di carità nei confronti di quel disperato, senza numero di telefono né indirizzo non sarebbe mai riuscita a contattarlo. Sorrise. Il polpaccio lo richiamò al suo bruciante presente. Non sapeva ancora se aveva perso o vinto, quella sera. Fu assalito dalla paura atroce che la vita potesse essere tutta così. Senza certezze di vittoria e di sconfitta. Gli venne il sospetto di avere perso, quella sera. Si chiese chi decidesse in quale categoria infilare le persone. E con che criterio. Gli parve di sentire nella testa le parole altisonanti di suo padre: "Non hai perso, Francesco, è tutta esperienza, e se hai imparato da quella esperienza non sei stato sconfitto". Pensò che i grandi avevano sempre ottime scuse per le proprie frustrazioni.

Decise di respirare ancora, di catturare quel nulla così presente che aveva catturato prima. Sentì l'odore di salsedine pungergli il naso e il vago umore di urina rilasciato dagli scogli. Sentì odore di marcio. La magia si era incrinata. Provò a sentire più forte, inspirando fino a farsi bruciare le narici, poi si rassegnò. C'era solo odore di porto. E il porto puzzava di tutti gli odori umani mischiati al sale. Il porto era il castello e l'acqua la regina che ne riempiva ogni interstizio, che batteva nei suoi corridoi tetri e sotterranei, che gorgogliava nel silenzio e sciabordava, fra le sue corti di topi, di granchi lucidi e grigi, di solitudini. Poi qualcosa si aggiunse, penetrò nel castello. Qualcosa di sordo. Qualcosa di *estraneo*.

Tic. Tic. Tic. Plif.

Francesco si voltò e urlò.

***

Luca fu costretto a fermarsi: tra i suoi piedi e la sabbia la convivenza era diventata insopportabile. Si era portato lungo il marciapiede che dal porto corre dritto fino a perdersi nel nero; si sedette sulla panchina davanti al bagno numero 12 e sotto la luce del lampione si tolse frettolosamente le scarpe.

Per giungere a casa non doveva fare altro che attraversare la strada e procedere dritto lungo la via che intersecava la passeggiata, era questione di sette minuti al massimo. Ma un'urgenza è un'urgenza. Si tolse anche i calzini e massaggiò le dita intirizzite. Si prese il piede destro con le mani e lo investigò per un minuto abbondante: stavano già iniziando a comparire tutte quelle piccole grinze sotto le dita, come quando si resta per troppo tempo in una vasca da bagno o in piscina o al mare, insomma, in ammollo. Sfregò i calzini a lungo. Inutile. Sbatté le scarpe contro la panchina e si rassegnò. Sarebbe tornato scalzo, così magari i piedi sarebbero diventati neri, ma almeno non avrebbe seminato sabbia in casa. Le scarpe le avrebbe nascoste in garage, e a cosa farne avrebbe pensato la mattina. Gli sembrò un piano perfetto. Si alzò.

«Psss!».

Luca si voltò di scatto, ma non vide nessuno, sentì solo muoversi qualcosa dietro il selciato che divideva il marciapiede dalla spiaggia. Prima che potesse voltarsi e riprendere il suo cammino la voce lo chiamò ancora.

«Ehi, psss! Giovanotto!».

«Chi è?»

«Vieni un attimo per favore».

La voce era flebile, anziana e impastata, probabilmente maschile, ma non ci avrebbe giurato.

«Vieni tu», disse Luca diffidente.

«Andiamo ragazzo, ho bisogno di aiuto, ho bevuto qualche bicchierino di troppo e non riesco a rimettermi in piedi».

Per Luca quella era proprio una seccatura. Tra tutte le persone che *non* si possono incontrare a quell'ora lui aveva incontrato proprio la più improbabile: un matusa alcolizzato. "Magari è simpatico", si disse. "Magari mi dà una mancia".

«Andiamo ragazzo, dài una mano a questo povero vecchio».

«E va bene, prima però si faccia vedere, esca dal cespuglio».

Ne aveva sentite tante di storie strane, era sempre meglio essere diffidenti, ne era sicuro.

«Allora vuoi che mi sforzi. Sei proprio crudele, ragazzo. E va bene. Ci provo».

Il vecchio farfugliò qualcosa, arrancò contro il cespuglio e lentamente, molto lentamente, si alzò. Poi ricadde. Proprio sopra il cespuglio, spezzando i piccoli rami verde cupo. Luca alzò gli occhi al cielo e sbuffò. "Vecchio scemo alcolizzato". Appoggiò le scarpe sulla panchina e gli andò incontro, lo afferrò sotto le ascelle e lo trascinò sul marciapiede. Se non era messo bene prima, adesso era conciato ancora peggio. Lo aiutò ad alzarsi, ma quello si lamentava a ogni tocco. Aveva un bastone. Luca se ne accorse solo in quel momento; il vecchio lo puntò a terra facendosi forza.

«Dove abita?»

«Laggiù».

Disse il vecchio indicando il mare con la punta del bastone. E subito barcollò.

«E lassù».

Indicò il cielo.

"Alé. L'abbiamo perso".

«Senta. Io devo andare».

«Accompagnami solo fino alla fine della passeggiata».

«Ma non finisce mai!».

«Allora accompagnami dove vuoi».

«Senta. Io la mollo al bar. Attraversiamo la strada e al primo bar la lascio. Ok?»

«Ok, caro».

Il vecchio si appoggiò quasi completamente alla spalla di Luca. I due s'incamminarono. Luca si scordò le scarpe sulla panchina e gli unici rumori che si sentivano nella notte erano i superbi mocassini del vecchio sul marciapiede e l'inconfondibile tic tic tic del suo bastone.

***

«Non urlare, caro. Sono un povero cane, solo come te».

«Mi scusi, non volevo... è che... credevo d'essere solo».

"Complimenti", pensò. "Per una pantegana non urlo, ma per un vecchio sì. Un cazzo di vecchio con un bastone. Con un bastone... Ma come cazzo c'è finito qui un vecchio con un bastone?!".

Cercò lo sguardo del vecchio, ma lo trovò chino sulla pozza che continuava ad allargarsi sotto ai suoi piedi. La vergogna gli salì al cervello disperdendo il seme di quell'eccezionale domanda che gli era affiorata alla mente. Perché Francesco si vergognava da *morire* di quella pozza: temeva che il vecchio potesse pensare che si fosse pisciato addosso; i suoi calzoni continuavano a gocciolare e l'odore di urina era inconfondibile. Il vecchio continuò a fissarla; Francesco sentì, percepì, che lo faceva apposta, consapevole del disagio che gli stava provocando. Il vecchio sorrise. Di un sorriso allusivo e crudele. Guardò Francesco dritto negli occhi.

«Ti sei fatto la pipì addosso?».

Se non avesse urlato come un bambino, il vecchio non si sarebbe mai permesso di alludere al fatto che poteva essersi pisciato addosso. Si diede dello stupido e si sforzò di sorridere, come se trovasse quella dolorosa provocazione la battuta più esilarante sul pianeta.

«Ma no! È stato un amico... anzi, un ragazzo. Sì, un ragazzo che era qui con me prima, mi ha spinto e... sono caduto in acqua».

«Ma io sento puzza».

Questa volta non si sforzò di ridere.

«...Le ho detto che non mi sono pisciato addosso».

«Non ci sarebbe niente di cui vergognarsi...».

Francesco non ebbe il tempo di riflettere, nemmeno di reagire. Il vecchio avanzò rapidamente sugli scogli senza la minima esitazione. Sembrava vedesse al buio. Sembrava non avesse bisogno di vedere. Sembrava sapesse. Gli fu davanti. Francesco lo guardò negli occhi. Pensò a Medusa. Cercò di non pensare a Medusa. Cercò semplicemente di non pensare. Si trovava in un pasticcio. E mentre gli pareva che la sua mente corresse all'impazzata alla ricerca di una soluzione logica, si accorse di essere immobile. Si accorse che ogni suo riflesso veniva bruciato sul tempo da quel vecchio che ora, senza che Francesco riuscisse a spiegarsi *come*, si trovava carponi proprio ai suoi piedi: gli stava annusando la gamba fradicia. Come un cane.

Francesco lo vedeva, capiva che quello che stava succedendo era storto. Eppure non reagì. Nemmeno quella volta. L'unica frase che la sua mente reiterava era quella che il vecchio aveva pronunciato presentandosi: «Sono un povero cane, solo come te…».

E come un cane gli annusava i piedi, il polpaccio, e su fino al pube. Grugniva come un maiale. Era semplicemente pazzo, dannatamente veloce. E forte. Non poteva essere vecchio. Quell'uomo che s'impossessava del suo odore fregandosene di ogni imposizione sociale, fregandosene della pozza che gli infradiciava i pantaloni e la giacca, non poteva essere un uomo.

Francesco sperimentò il terrore.

«Vedi, caro…», riprese a grugnire il vecchio, che non era un vecchio e neppure un uomo.

«Non c'è niente di cui vergognarsi perché se vuoi essere un *leader* e prendere il posto di Filippo, devi essere come lui. E Filippo si è pisciato addosso. Io lo so. Io, che sono un noi, un voi e un essi. Lo sappiamo tutti. Siamo stati noi. C'eravamo tutti».

Francesco sentì l'inconsistenza dell'anima compattarsi e franare. Si lanciò in avanti per fuggire, ma le gambe non lo seguirono, fisse com'erano nelle paludi del terrore. Cadde.

Ma non ebbe la fortuna di perdere i sensi. Il Divoratore gli scivolò addosso, lo fece girare supino e si sedette a cavalcioni su di lui, muovendo ossessivamente il pube.

«Potrei mostrarti lo sperma delle stelle, caro… tutti discendiamo dalle stelle. Tu sai chi sono io?».

Francesco si divincolò con furia, pericolosamente sbilanciato verso il baratro della follia. L'angoscia più grande era il non sapere se stava vincendo o perdendo. Sapeva solo che stava vivendo *un'esperienza*. Non si rese conto di sragionare. Non sentiva altro che mille bocche urlargli in testa; il Divoratore gliela afferrò fra le mani e la bloccò. Come se la cosa non gli richiedesse il minimo sforzo. La fermò semplicemente, mentre le gambe intirizzite di Francesco continuavano a muoversi nervose, come un animale a cui fosse stata appena tranciata la testa e il cui corpo continuasse, nella tenebra, a camminare, prima di rovinare inerme in una pozza di sangue. Con le dita nodose, il Divoratore alzò le palpebre di Francesco e lo inchiodò al suo sguardo. Francesco vide Luca.

***

Erano passati appena tre minuti. Neanche un ventenne gettato in una piscina ghiacciata ci avrebbe messo così poco a farsi passare una sbronza. Ci avrebbe scommesso. E pensare che non avevano proferito parola. Eppure era evidente. Anzi… inquietante. Ogni secondo che passava il vecchio si appoggiava sempre meno alla spalla di Luca, camminando sempre più dritto. Soprattutto, meno si appoggiava a Luca, più la mano che gli teneva sulla spalla stringeva. Forse era per questo che non parlavano. Perché entrambi sapevano che l'altro sapeva. Arrivarono davanti al bar. Luca se n'era accorto già da un pezzo, ma non ci voleva credere fino in fondo. Era chiuso.

«Che peccato, caro… e adesso?».

Anche la voce era cambiata: stridula, acuta, ferma. Luca deglutì.

«Devo proprio andare».

Lo disse con gli occhi fissi a terra, vide i propri piedi intirizziti e nudi; si ricordò d'essere scalzo. Partì deciso in avanti promettendosi di non guardare quella creatura che l'aveva adescato poco prima. Sapeva che se l'avesse guardato, anche il suo aspetto gli sarebbe sembrato diverso. E non era in grado di affrontare quel genere di terrore. Ma non poté procedere nel suo intento. Perché la mano stringeva.

«Devo andare…».

«Senza neanche salutarmi?».

La voce del vecchio era tornata normale. Istintivamente, come a cercare conferma, Luca lo guardò. Fu nel preciso istante in cui il suo sguardo venne brutalmente penetrato dagli occhi melmosi del vecchio, che Luca vide Francesco. Vide lo stesso vecchio che gli era accanto agitarsi selvaggiamente sopra l'amico e baciargli il collo. Se bacio poteva chiamarsi quel morso schiumoso che il Divoratore diede a Francesco, cospargendogli di bianca bava filante il collo pallido e liscio.

Ma soprattutto il Divoratore stava edificando un ponte. Luca vide Francesco e Francesco Luca e in quel momento entrambi dimenticarono il proprio presente morendo di terrore per quello che capitava all'altro. Gli occhi del Divoratore erano finestre scardinate, porte, cancelli, recessi insondabili, tetri, bui, ragnatele e polvere. Gli occhi enormi dei ragazzi si dilatarono fino quasi a scoppiare. Quando il terrore fu insopportabile, Luca e Francesco sentirono l'urina, calda e rassicurante, bruciante, scivolare lungo le gambe. Francesco, steso sul masso con su scritto *Cerco Fica*, la sentì persino lungo la schiena.

Il Divoratore parlò, strepitò dall'unica bocca, che aveva la voce di mille bocche urlanti; l'unica bocca che gli occhi della mente di Luca e Francesco potevano vedere dall'abisso su cui erano affacciati.

«Io posso questo e molto altro ancora. Perché io sono anche un noi, un voi e un essi. Io abito i recessi angusti dell'anima. Io conosco i vostri tumulti. Perché io sono l'Uomo dei Sogni. Chi mi teme muore. Chi guarda oltre i miei occhi anziché nei miei muore, chi rinnega lo sperma stellare di cui è figlio muore. E morirà altre mille volte ancora, cadendo nel mio cielo a testa in giù. Nel gorgo».

Luca e Francesco si sporsero negli abissi del Divoratore fino allo sbilanciamento finale, al crollo, alla morte. Vennero risucchiati dalle correnti implacabili di quegli sconosciuti universi che si agitavano dentro l'Uomo dei Sogni. I loro corpi si fecero eterei e trasparenti come silfidi, poi ancora di più; fino a stingersi nel pallore lunare come un respiro esalato fra i ghiacci. I vestiti lentamente si afflosciarono adattandosi alla nuova e fredda superficie sotto di loro. Si sgonfiarono come torte estratte dal forno troppo presto, il cui centro prolassa su se stesso fino a toccare il fondo.

Senza fretta, il Divoratore si alzò dal masso con su scritto *Cerco Fica*, si aggiustò il cappotto e ne contemplò la trasformazione; ora non era più polveroso né sporco, ma morbido e avvolgente, rifinito con cura in ogni sua asola e con bottoni d'avorio come la cresta d'uccello che troneggiava sul bastone. Ripercorse il tragitto sugli stessi passi che l'avevano condotto lì.

Nello stesso momento, il Divoratore contemplò i vestiti vuoti dentro cui, poco prima, si trovava Luca. Ma soprattutto contemplò i suoi pantaloni raffinarsi; le pieghe farsi perfette e chiare, non più sgualcite e trasandate; il nero lucido del tessuto assorbiva i colori della notte intera e li conteneva.

Ritornò anche lui sui suoi passi.

Si incontrarono per strada. Divoratore contro Divoratore.

Si andarono incontro senza salutarsi. Non si urtarono; ma s'inglobarono come gocce d'olio, irrimediabilmente attratte. Scomparirono così. Precipitando l'uno nell'altro. Silenziosamente.

Capitolo quattro

Marzo 1986

Il quadro

La notte Sara Possenti geme.

Sara Possenti la notte suda. Ansima. Calcia via le coperte. Si picchia col cuscino.

La notte il marito di Sara Possenti non torna.

...Uno due tre e quattro...

Pure Denny non dorme. Sa che tra poco...

«Dennyyyyyyyyyyyyy!».

...lei vorrà salpare.

Denny si alza. Niente calze né scarpe. Nessuna luce. Apre la porta della sua cameretta: schizzi di luna a graffiare il nero. Agguanta le pillole, le porta alla madre. Lei non dice niente. Le ingoia e salpa, verso le terre morte dell'oblio.

Denny torna verso la sua camera. Ciuffi di polvere grigia rotolano: elfi sporchi, furtivi, ladri. Gli spifferi sotto le porte li fanno danzare. Pcik. Il piede di Denny pesta qualcosa. Qualcosa che appiccica. La casa di Denny è uno schifo.

Denny solleva il piedino nudo. Olio nero. I colori di papà. La manina di Denny afferra il cavalletto, per non cadere. Con l'altra si pulisce il piede. Ma la mano è nera adesso. E la macchia non va via.

Sporcherà il pavimento.

E saranno botte.

La luce glauca trafigge le serrande; luce fredda. Impietosa. Rende la casa ancora più buia. Rende più buio il quadro. La mano di Denny lascia il cavalletto. I suoi occhi fissano l'uomo vestito di nero. L'Uomo dei Sogni. Il cielo alle sue spalle è cupo, puzza di tempesta; nessuno squarcio, nessuna luce. Le nuvole su cui si erge sono gonfie, gravide, colore abisso. Ma l'uomo è dritto, fiero. E al bastone non si appoggia. Quando i cieli esploderanno *lui* non sarà toccato. Denny lo fissa. Fissa il suo viso: lineamenti pennellati con l'accetta. Il pallore spettrale, le labbra sanguigne, il naso curvo e appuntito. Gli occhi senza tempo. Neri. Denny li fissa. Il quadro è umano. Il quadro sembra vero.

Questione di un attimo: le labbra dell'uomo si incrinano. Più che un sorriso pare un ghigno. Un ammiccamento perverso.

Denny spalanca la bocca, il cuore calcia con punte di ferro contro le costole.

Denny corre in camera e si chiude dentro. A chiave.

Sul pavimento orme di piede destro numero trentatré.

Nere.

Denny ha fantasia. Molta.

Denny è abituato a stare solo. Troppo.

Denny si racconta fiabe. Solo.

Mentre il cuore continua a scalciare, Denny pensa, pensa e pensa, gli occhi strizzati, le mani che tremano.

Denny ha bisogno di un mantra. Una formula magica per addomesticare i pensieri.

Denny la trova.

...l'Uomo Nero esiste se ci credi, se lo pensi, se lo vedi...

Denny non ha una mente comune.

...Nella notte e a mezzogiorno lui è sempre tutt'intorno. Se sorride non gridare, non svenire e non guardare.

Denny non è un bambino comune.
Il segreto è nella mente. Lei controlla. Lei lo sente.
Denny *non* è un bambino normale.

***

«Dennyyyyyyyyyyyy!».
È la sveglia del mattino. Denny fa quello che si fa con tutte le sveglie del mondo. Aspetta.
«Dennyyyyyyyyyyyy!».
Denny si rassegna. Si rassegna anche a un altro fatto: il letto è zuppo. Se l'è fatta addosso. Ancora. Decide in un attimo: non dirà niente.
Calcia via le coperte. Si trascina in bagno. C'è puzza di piscio. Ma non di Rye whiskey. Significa solo una cosa: suo padre non è tornato nemmeno stanotte. Significa che se non si sbriga perderà lo scuolabus.
«Dennyyyyyyyyyyyy!».
Ma prima le pillole alla mamma.
Maglia calzoni e cartella. E via per il corridoio; la tela è sempre lì.
Non guardarlo, lui ti crede. Se gli credi lui ti vede.
Denny non lo guarda.
Ed è già in strada.

***

«Il babbo di Denny è un alco alco alco lizzatoooooo!».
«E sua mamma è una dro dro dro gataaaaaaaaa!».
«E Denny è uno sfi sfi sfi gatoooooo!».
I bambini saltano sopra un cimitero di cartelle. Lo scuolabus procede, la strada è ancora lunga. Denny è seduto davanti, la fronte contro il vetro, premuta più del necessario.

Premuta così forte da non sentire il freddo, l'umidità gelata che riveste il vetro.

"Zitti zitti zitti".

«È vero che tuo babbo dipinge con quello che vomita?», urla Diego, il bambino grasso sul fondo dello scuolabus. Denny e Diego sono nella stessa classe. Diego è un supplizio prolungato.

I bambini ridono e le risate rimbalzano, di vetro in vetro. Senza scampo. Rimbombano nelle orecchie di Denny, rasoiate ai timpani.

Denny batte la fronte contro il vetro. Ancora. Ancora. Più forte.

«Guardatelo! Denny è anche pa pa pa pazzooooo!».

Se lo chiami lui ti crede, lui ti aiuta. Lui li vede.

Un rivolo di sangue cola caldo contro il vetro. Denny smette. La fronte appiccosa sbrodola rosso. Denny si volta, gli occhi allucinati.

«Lui vi odia», dice. E i bambini si zittiscono. Perché Denny ha il viso lordo.

Lui li odia. Tutti.

I bambini pensano che *lui* sia il padre.

Lui non è il padre.

Lui non è ancora.

Lui sarà.

17 aprile 2006

Pietro è un ragazzino mooooooolto speciale

Pietro dormì profondamente e bene. Perché la madre lo aveva tranquillizzato: gli aveva detto che i sogni sono solo sogni. E con la realtà non c'entrano. Nulla.

Quando a pranzo guardarono il telegiornale regionale, e soprattutto quando videro le foto di Francesco e Luca, Pietro ebbe una crisi epilettica. La prima dopo quasi un anno.

Da quel giorno fu psicosi. Due in una notte, senza neanche un giorno di pausa fra il primo e gli altri. Fu troppo. Alcuni ci videro lo zampino dell'Anticristo. Se Gesù moltiplicò i pani e i pesci, facendo l'invidia della ristorazione locale, l'Anticristo, avendo anch'esso il dono dell'onnipresenza, poteva moltiplicare i delitti. Ci fu addirittura un giro di scommesse, c'era chi sosteneva che la notte del 17 ne sarebbero morti quattro. Qualcun altro replicò: «Non è mica Mazinga». Ma quel giorno i bambini furono accompagnati ovunque andassero, persino da un'altalena all'altra. La sera scattò il coprifuoco. Alle 19:00 tutti dovevano trovarsi a casa, magari con le mani pulite e un bel sorriso per la cena.

Pietro non mangiò quel giorno. Gemette senza tregua fino a notte, quando il sonno lo vinse, un secondo prima che Dario, un cucciolo d'uomo con un esercito di bertucce appese alle palpebre, avesse il primo esaurimento nervoso della sua vita. Alice promise di raggiungerli il giorno dopo per provare ancora con la Comunicazione Facilitata. E questa volta l'avrebbe strutturata. La signora Monti non sapeva spiegarsi il perché delle feroci reazioni di Pietro; tuttavia qualcosa si agitò dietro al sipario della sua coscienza. Fu un fremito. Ma non capì. Né avrebbe mai, fino in fondo, capito.

Intanto, in via Muscolini 22, i genitori di Francesco staccarono il Grillo bordeaux. Suo padre lo mise addirittura in una scatola che chiuse risolutamente e che stipò in fondo alla mensola più alta del garage. Un mese più tardi sarebbe stato sostituito da un cordless decisamente all'avanguardia. Padre e madre non si parlarono. Non riuscivano a capacitarsi del perché *quel loro ragazzo così bravo* fosse fuggito via di nascosto. La madre, nel suo silenzio, accusò il padre per avere in qualche modo punito il figlio. Il padre, dal canto suo, accusò la madre per non avergliela impedito. Tutto questo avvenne nel silenzio più completo e, nel silenzio, si suggellò.

18 Aprile 2006, ore 10:00

Pietro sa che è stato il vecchio.

«Pietro, ti ho chiesto di seguire la traccia. Ti prego di farlo».

Pietro sa che è stato il vecchio.

Alice si alzò istintivamente dalla sedia. Le faceva male la testa. Aveva i brividi e sapeva con certezza che non era febbre. Era paura. Tre dei quattro ragazzini che Pietro aveva raffigurato nel suo disegno erano morti. E il vecchio dietro alle fronde argentate sembrava ghignare dal Fabriano 4, chiuso nella cartellina dei lavori di quell'anno. Era quel disegno a darle i brividi… ma Alice si ripeteva che tutto questo aveva un nome e quel nome era suggestione. Quella sensazione si chiamava anche urgenza, perché tutti, tutti, avevano urgenza di arrivare a una soluzione logica e razionale, ci voleva un colpevole, un movente, un qualcosa. Ma il vecchio… Pietro era diventato ossessivo, era chiaramente illogico il suo ragionare, le sue conclusioni erano prive di fondamento. Pietro non sopportava l'incertezza. Come tutti, certo, ma lui di più. Perciò amava gli oggetti. Per quel motivo reiterava le frasi. Pietro obbligava l'incessante mutare dell'universo a rimanere aggregato e prevedibile. Pietro posava piastrelle di un brillante verde pastello sul baratro del mondo e su ognuna, e solo su ognuna di esse, lui avanzava di un passo. Sotto continuava a esserci l'abisso, come per tutti. Ma lui si ripeteva che stava procedendo su sicure piastrelle rigorosamente verdi. Per questo Alice stava perdendo la pazienza.

«Ascoltami bene, Pietro. Sul computer ci sono delle domande. Nella domanda numero uno è scritto: prima di quel pomeriggio hai mai incontrato il vecchio? La domanda numero due dice: prima di quel pomeriggio, qualcuno ti ha mai parlato del vecchio? La domanda numero tre dice: dopo quel pomeriggio hai rivisto il vecchio?»

Pietro sa che è stato il vecchio.

Alice soffocò il primo vero moto di stizza. Ci riuscì. Pietro prese a dondolare. Poi finalmente rispose. Di fianco alla numero uno scrisse: *no*. Di fianco alla seconda ancora *no*. Di fianco alla terza pure. Poi scrisse ancora: *Pietro sa che è stato il vecchio.*

Pietro sapeva farsi capire. Fu questa la conclusione a cui Alice decise di rassegnarsi. Pietro sapeva perfettamente rispondere alle domande strutturate. Ma la cosa non lo aiutava né aiutava gli altri a capirlo. Perché Pietro sapeva cosa dire. A volte però non trovava il modo.

«E va bene, Pietro. Facciamo il tuo gioco. Perché sai che è stato il vecchio?».

Pietro continuava a dondolarsi sulla sedia, ma rispose.

«Perché Pietro lo ha visto mentre sognava».

"Dovevo fare la scrittrice. Questo dovevo fare. Non l'educatrice. Mi sta bene". Poi si ricordò che in ogni caso educatrice era e doveva esserlo. Gli spiegò quello che la madre gli aveva spiegato la sera prima. Questa volta Pietro non fece scenate né gemette. Si limitò ad alzarsi e a uscire. Alice lo chiamò, gli chiese di tornare indietro. Ma Pietro, con movimenti straordinariamente decisi e puliti, entrò in camera sua e si chiuse a chiave.

A quel punto Alice decise di farsi un caffè. In principio pensò a una bella birra ghiacciata, ma la cosa le sembrò poco professionale. Perciò si avviò in cucina e lì trovò Dario con la faccia dentro un pacchetto di patatine al formaggio.

«Ciao Dario».

Dario ebbe un sussulto, sollevò il viso mostrando briciole di patatina appiccicate alle labbra, fino al mento. Aveva lo sguardo colpevole.

«Merenda abusiva, vedo».

«Non lo dici alla mamma, vero?»

«Non credo».

Si sentì crudelissima.

«Prima però devi togliermi una curiosità...».

«Eh...».

«Tu hai mai visto il vecchio di cui parla tuo fratello?».

Dario sbuffò e sbatté il sacchetto di patatine ormai vuoto sul tavolo.

«Uffa. Appena quello dice una cosa, tutti subito gli vanno dietro».

«Per favore Dario...».

Alice frugò nel suo guardaroba interiore e indossò il sorriso dei giorni migliori. Dario sbuffò ancora.

«Però non dici alla mamma delle patatine».

«Giuro».

«Giuro che non lo dico», la corresse Dario.

«Giuro che non lo dico. Quindi?»

«No».

«No, cosa?»

«No che non l'ho visto. Anzi, secondo me non l'ha visto nessuno. Secondo me proprio non esiste».

«Ma non hai notato nulla di strano?».

Dario fece finta di pensarci.

«Sì».

«E cosa, di grazia?»

«A un certo punto ho visto una cosa enorme sul tetto, con un mantello gigante, nero. Anzi, nerissimo. E aveva delle zanne lunghe così!».

«Sei molto divertente, Dario. Veramente molto divertente».

Dario scattò in piedi con voce frignante.

«Ecco. Io sono divertente, invece a quello lì gli credete subito!».

«Ok, ok Dario. Pausa».

Alice si ricordò quanto desiderasse un caffè. Anzi. Si ricordò quanto desiderasse una birra. Aprì il frigo.

«Cosa fai?»

«Prendo una birra ghiacciata, Dario».

«Lo dico alla mamma».

«E io le dico della tua merenda abusiva».

«Stronza».

«Prrrrrr!!!!!!».

Gli aveva fatto una pernacchia. L'aveva ricattato. E tutto questo con una birra ghiacciata in mano. Pensò che prima o poi tutti gli educatori scoppiano un pochino. *Burn out* lo chiamano. Pensò che avesse i suoi risvolti simpatici. Dario restò interdetto. I due si guardarono e presero a ridere.

«Vado da tuo fratello. Se vedi arrivare Batman sul tetto con una malformazione agli incisivi che gli fa crescere delle zanne lunghe così, mi chiami o chiami direttamente un dentista, che magari lo aiuta. Anzi, chiama direttamente il dentista, ok?».

Dario annuì, Alice gli scompigliò i capelli e s'incamminò verso la camera di Pietro.

Toc. Toc. Toc.

Silenzio.

«Pietro, per favore, mi apri?».

Silenzio. Alice cercò di guardare dalla serratura. E questo non aumentò la sua autostima. Nella toppa campeggiava la chiave. Lasciò perdere. Si sedette per terra con la schiena appoggiata alla porta. Si ricordò di non avere aperto la birra. Si ricordò del suo ex ragazzo. Quella relazione non le aveva insegnato molto. Ma una cosa sì: addentò il tappo e lo scardinò via. Per un attimo la sua autostima ebbe un picco per precipitare poi ancora più in basso. Bevve.

«Pietro. Scusa. Vorrei proporti una cosa: tu adesso apri la porta e mi racconti il sogno e io giuro che sto zitta».

Anche Pietro era seduto a terra. E aveva le spalle alla porta. La voce di Alice pareva scivolargli addosso, sembrava non raggiungerlo. Pietro giocava. Giocava seriamente come solo lui sapeva fare. Si rigirava fra le mani un cubo colorato, di quelli che si possono ruotare per combinare fra loro i quadratini di diverso colore: gialli, rossi e verdi. Era lì da nove minuti. Aveva trovato venticinque combinazioni. Ora non le cercava più. Aveva già trovato tutte quelle che era possibile trovare. Ora giocava a spingersi gli spigoli del cubo contro il palmo della mano sinistra, fino a segnarsela di un rosso prepotente, tendente al viola. Lo strinse con tutte le forze. Non sentiva dolore.

Restarono così per cinquantaquattro minuti.

Alle 11:30 Alice si era quasi appisolata. Sentì girare la chiave nella toppa e, prima che potesse tornare del tutto in sé, Pietro spalancò la porta.

Si rimise immediatamente in piedi. Pietro non batté ciglio. Il fatto che la sua educatrice fosse finita per un istante gambe all'aria non scatenava in lui la minima ilarità. Camminò verso la cucina. Alice lo seguì e guardò l'orologio sopra il frigo. Le 11:30. L'ora in cui, sempre, Pietro beveva il suo cartone di succo alla pera con la cannuccia della COOP. Ormai quel giorno qualcosa si era spezzato. Pietro si rifugiò nei suoi rituali, nei suoi punti fermi. Passarono l'ora successiva a esistere nello stesso spazio. Nessuno si chiuse in nessun posto. Alice giocò a shangai con Dario che fu felicissimo di poterla battere per ben tre volte consecutive. L'autostima di Alice subì anche in quel caso una grave battuta d'arresto. L'ora seguente rincasarono il signore e la signora Monti.

Non successe altro. Fu un giorno tranquillo. Monotono. Silenzioso. Quasi morto.

Dopo la delusione taciuta da tutti, e il sollievo di pochi in merito alla notte tranquilla del 17, anche la notte del 18 trascorse senza altre aberranti sparizioni. Delusione, sì. Perché il sollievo resta un'opzione riservata a pochi, una specie di club privato per tutti quelli che hanno qualcosa da difendere e qualcosa per cui lottare.

Tuttavia i titoli del «Portavoce» ritornarono, col trascorrere dei giorni, i soliti: *Rotonde assassine* o *Facciamo la* PACS. Gli articoli che riportavano gli ultimi ruminamenti sul caso delle sparizioni venivano emarginati in smilzi trafiletti in fondo alle pagine di cronaca nera.

Pietro disegnava forsennatamente, compulsivamente. Restava ore barricato nei suoi mondi, ma non respingeva nessuno. Si limitava a stare chiuso. E questo bastava. Inchiodato alla finestra della sua stanza se ne stava interi pomeriggi a fissare l'alberello argentato che andava via via opacizzandosi. Mentre l'estate fuori premeva, alle sue radici si accumulava un autunno di foglie nane canute e rinsecchite. Pietro ne dipinse l'agonia. Ritrasse nei suoi Fabriano 4 gli spasmi immobili di quella creatura morente. La amò intensamente. E sui fogli ne prolungò l'esistenza. Poi arrivò Guerrino, il giardiniere comunale, e fece quello che c'era da fare.

Pietro lasciò la finestra per il suo altrettanto amato cubo dalle venticinque combinazioni.

Riprese la scuola. Nella classe di Pietro c'era un posto vuoto. Il primo giorno ne parlarono tutti insieme e osservarono un momento di silenzio, interrotto soltanto dal gemere di Pietro. Poi dimenticarono. Rimossero, come tutti. Il primo passo consistette nel portare via il banco. Una mattina Pietro arrivò e li trovò allineati diversamente. Non ci fu bisogno che li contasse. Sapeva con matematica certezza che ne mancava uno. E la cosa finì lì.

Pietro invece finì in mezzo a Chiara e Carlo. Erano gentili, ma a volte gli imponevano certe cose, come scrivere se l'insegnante dettava o tacere se aveva voglia di gemere. Nella realtà, anche fuori dal suo mondo, Pietro si trovava sempre in mezzo alle due gemelle siamesi unite per le mani.

Il lunedì, il mercoledì e il venerdì, Alice lo aspettava a casa al suo ritorno da scuola, organizzavano insieme le materie da studiare, parlavano delle esperienze che la giornata lasciava e cercavano di combattere con tutte le forze le manifestazioni più invalidanti della sua sindrome. Su molte avevano vinto. Pietro non mangiava più cose incommestibili già da diversi anni, ed escludendo la mattina del 17, non aveva più avuto una sola crisi epilettica. La Comunicazione Facilitata era stata accantonata definitivamente. Pietro doveva parlare. Doveva imparare a farlo in autonomia. E soprattutto, Pietro voleva parlare, il più delle volte sapeva farlo e sapeva farlo bene. Meglio di molti suoi compagni. Perché conosceva un numero impressionante di vocaboli. A volte li usava in modo un po' bizzarro, certo. A volte il senso delle frasi veniva soffocato dall'eccesso o dall'uso improprio di certe forme lessicali. Inoltre Pietro non usava metafore. Perché non le capiva. Alice stava sempre molto attenta al linguaggio che usava. Evitava frasi ambigue. Tuttavia un giorno, senza pensarci le era uscito un: «Caspita Pietro, tuo fratello mi sembra caduto dalle nuvole».

Pietro si era messo a urlare. Credeva semplicemente che Dario si fosse fatto male e non capiva perché Alice trovasse la cosa divertente. E in quello non c'era davvero traccia di stupidità.

Notte fra il 5 e il 6 maggio 2006

A volte riemergono

L'aria aveva il colore del piombo. Pesante e cinerea. Immobile. Morta. Il recinto del Pep era scrostato. Anch'esso colore del piombo. L'erba era del colore del piombo. Ogni fottuto dettaglio aveva il colore e il peso del piombo. Al centro della scena solo l'alberello argentato. Ma i suoi rami… i rami non erano mossi dal vento: erano mossi dalla sua volontà. L'albero era vivo. L'albero era reso vivo da qualcosa di altro. Qualcosa di altro che gli pulsava nel fusto come un cuore: certamente di piombo. Rami come capelli di Gorgone. Rami rettili. Alabarde. Alle loro estremità lame. Di piombo. Lame che penetrano. Lame che trafiggono i corpi di Filippo, Luca e Francesco. Penzolanti. Morti. Dalle ferite sgorga piombo. Che cola sulla terra e la buca. Un ramo senza preda esce dalla scena e ritorna prepotentemente con nuovo cibo: Dario. Trafitto. Penzolante e morto. Come gli altri. All'improvviso i quattro bambini spalancano occhi e bocche. Dalle bocche esce sangue. Rosso vivo. Prepotentemente rosso. Abbacinante. I loro occhi spalancati e morti guardano Alice. Le loro bocche hanno zanne carminio. Urlano all'unisono: «Lucrezia! L'hai dimenticata?!».

Alice si svegliò.
Aveva dimenticato.

Al suo fianco, affondato sotto le coperte, Stefano. Nemmeno una granata l'avrebbe svegliato.

Le mattonelle erano gelate, Alice attraversò il corridoio con un pensiero che rischiava veramente di diventare ossessivo: il disegno di Pietro. Perché c'era qualcosa in quel disegno, qualcosa nel vecchio… qualcosa nel modo in cui Pietro lo aveva rappresentato. A quel qualcosa Alice ricordava di avere già dato un nome: suggestione. Eppure…

Accese il PC. Ad avviarsi ci metteva una vita. Alice si mordeva il labbro inferiore, le gambe incrociate sulla sedia, le mani a scaldare i piedi.

Le suggestioni passano con un buon sonno.

Finalmente il desktop mostrò la sua faccia, Alice sulle spalle di Stefano, nelle acque del Tirreno. Sorridenti.

Alice cliccò su Firefox, si aprì la prima pagina di Google. Digitò un nome, rigurgitato dalle segrete della mente: Lucrezia Contini.

Faceva male persino scriverlo.

Premette il tasto Invio.

Attese un paio di secondi.

Poi comparvero. La foto di Lucrezia. Il suo viso. Gli articoli di quell'aprile del 1986.

Era vero.

Aveva dimenticato.

Ora ricordava.

Notte fra il 5 e il 6 maggio 2006

Dal diario di Alice

Ricordo il colore del suo vestito, bianco. Con sopra ciliegine rosse.

Ricordo il colore dei suoi capelli. Biondi.

Ricordo che giocavamo a nascondino e che a pranzo arrivavamo sempre tardi. Non ci sgridavano.

Ricordo che quel giorno facemmo la strada di sempre, quella sicura, quella nella quale non c'è da aver paura, quella che ci avevano insegnato i grandi. Ci eravamo solo spinte un po' vicino al fiume. È vero, ci avevano detto di non farlo. Non era la prima volta: era il nostro segreto. Ci piaceva vederci riflesse, fare le boccacce, giocare, perché avevamo sette anni. E vicino al ponte non c'erano i vecchi, non c'erano i grandi, non c'erano i piccoli, non c'erano nemmeno cani. Potevamo immaginare di essere altrove, nel privato mondo magico dei sogni.

Ricordo che a Lucrezia volevo bene.

Indossavo una tuta. Indossavo sempre tute e mai vestiti. Avevo i capelli crespi. Ero una specie di maschiaccio.

Ricordo che questo per mia madre era una croce. Lucrezia no, lei era una bambolina.

Ricordo che io e Lucrezia eravamo vicine di casa. Ricordo che i suoi genitori si trasferirono, dopo. E anche noi.

Ricordo che quando mi trovarono dormivo rannicchiata

sotto un faggio. Fradicia di fiume e di terra. Terrorizzata. Dimentica.

Ricordo che non trovai nulla da ricordare. Solo un immenso buco nero, gelido e cannibale.

Ricordo che ebbi sonno, sonno e ancora sonno. Un sonno infinito. Una spossatezza nell'anima.

Ricordo che trovarono i suoi vestiti a una manciata di chilometri, sulla riva del fiume.

Trasportati dalla corrente.

6 maggio 2006
Il Divoratore ha ancora fame

Quella mattina successe la cosa in assoluto peggiore che Dario riuscisse a concepire: perse l'autobus.

Da due anni aveva l'abitudine, o l'ansia, di svegliarsi ogni benedetta mattina un minuto prima del suono della sveglia. In modo da evitare la tragedia di dovere aspettare il secondo autobus; quello che invece di trasportare innocue vecchiette al cimitero, trasportava ferocissimi predatori delle medie in quel luogo di tortura che era la scuola.

Sta di fatto che quella mattina fu così. Quando le porte dell'autobus si aprirono, Dario vide spalancarsi i gironi infernali del sottomondo. Iniziò a sentirsi morire già prima di quell'infausto evento; per la precisione iniziò a sentirsi morire quando, mentre l'autobus frenava per fermarsi, i predatori, avvistate le prede, iniziarono a battere le mani contro i vetri e a sporgersi dal finestrino. Si sentì morto del tutto quando Pietro iniziò non solo a sfarfallare le mani, ma addirittura a vogare urlando: «Ooohhh!».

Ovviamente l'autista aprì la porta centrale. Dario trascinò suo fratello davanti a quella anteriore e guardò l'autista con occhi da panda in via d'estinzione. Questi, serafico, con gli occhiali in stile poliziotto alla *Psyco* e con la simpatia di una ragade anale, aprì la porta come se il contatto del suo dito con il pulsante gli avesse risucchiato via tutte le energie di un mese di lavoro, o forse di una carriera intera.

«Oooohhhh». Pietro vogava.

L'autista alzò gli occhiali e guardò Pietro.

«Cos'ha?»

«È... è autistico...», bisbigliò Dario. Bianco come un latticino.

«Facciamo guidare lui, allora». E rise in maniera oscena. Un ragazzetto con tanto di quel gel in testa da sembrare appena partorito, attaccato come una scimmia al palo, dondolava urlando.

«Ehi! Là davanti, venite un po' qua in fondo e fateci vedere uno show!».

Una vecchietta, l'unica, si fece il segno della croce. Ci mancava che salissero un paio di suore e un gruppo di ultras. E magari anche Piton con qualche Uruk-hai.

Dario pregò affinché la terra si aprisse. Non resistette. Suonò.

Avevano passato appena tre fermate. Scesero davanti a via Muscolini. Dario sfrecciò fuori senza salutare nessuno e Pietro lo seguì comprendendo che c'era poco altro da fare.

Dario attraversò la strada correndo. Il viso rosso. Gli occhi in fiamme. Continuò a correre lungo via Muscolini e corse ancora finché questa finì e cominciò l'erba. Era dentro al parco ora. E dietro di lui c'era Pietro. Col fiatone, ma meno rosso. Assente. Avevano corso per dieci minuti filati. Dario si era fermato solo quando davanti a lui si era aperto il fiume.

«Merda! Merda merdissima! Ahhhhhhhhh!».

Prese a battere i piedi per terra. Pietro lo osservava come si osserva un fenomeno atipico. Ne era incuriosito. Non era la prima volta che Dario entrava nel suo mondo generando curiosità. Peccato che ci riuscisse tutte le volte che non ne aveva intenzione.

In ogni caso erano dieci minuti buoni che Pietro aveva smesso di gemere e di vogare. Prese addirittura a conversare.

«Perché sei sceso? Dobbiamo andare a scuola».

Dario si voltò verso il fratello con la faccia in fiamme.

«Perché sono sceso?! Perché ci prendono tutti in giro e solo per colpa tua!».

«Tu hai perso l'autobus perché eri in bagno che leggevi i fumetti mentre facevi la cacca».

«Vaffanculovaffanculovaffanculooo!».

Quando si accorse di avere ripetuto le cose come era solito fare suo fratello, si diede al mutismo.

«Cosa facciamo adesso?».

Dario si accorse per la prima volta di essere solo con suo fratello nel posto sbagliato. Si accorse che non potevano non esserci delle conseguenze e che i suoi genitori lo avrebbero fucilato. Perché Pietro non sapeva dire bugie.

«Torniamo a casa?», insisteva Pietro.

In risposta Dario si sedette sulla riva del fiume, nel punto in cui le acque si raccolgono attorno alle fondamenta del Ponte di Tiberio, stagnanti. Aveva bisogno di pescare un'ottima scusa da portare a sua madre. Il ponte riflesso sembrava guardarlo con gli occhi dei morti, da un oltremondo. L'acqua non faceva tremare l'immagine, la copriva soltanto, come un drappo funebre.

Pietro cercava di astrarsi. Camminava senza meta stando ossessivamente attento a non allontanarsi mai dal fratello per più di dieci metri. Era in un luogo sconosciuto, in un'ora insolita, lontano da casa, da scuola, con Dario che non spiccicava parola.

E il parco era per di più deserto.

A quell'ora l'acqua non brillava, tratteneva ancora i colori della notte, l'umidità, il palustre.

A quell'ora nessuno passeggia. I vecchi ci vanno solo

quando il sole lubrifica loro le ossa. E i ragazzi sono a scuola. Insomma, aveva provato a concentrarsi sulle cortecce dei pini marittimi, ma aveva necessità di qualcosa di più dinamico, qualcosa che fosse più veloce dei suoi pensieri, qualcosa che facesse loro lo sgambetto. Una libellula blu elettrico decise di volare in suo soccorso, virò proprio davanti al suo naso e planò a pelo d'acqua.

«Dario! Dario! Una libellula!».

«Zitto. Sto pensando».

Pietro prese a sfarfallare le mani, era l'eccitazione a fargielo fare. Tutte le volte.

«Le libellule appartengono all'ordine degli odonati, hanno l'addome composto da undici segmenti. Sono ovipare e si riproducono in ambiente acquatico. Le libellule vanno incontro a metamorfosi incompleta».

«Ti ho detto di startene zitto, Pietro!».

Dario era diventato viola.

«Questa libellula della famiglia degli odonati ha le ali blu, il blu si trova tra il ciano e il violetto e ha una lunghezza d'onda di 470 nanometri. I nanometri sono un'unità di misura di lunghezza corrispondente a 10^{-9} metri».

Dario si girò verso il fratello con gli occhi infossati, rossi. Pietro si zittì. Dario riprese a pensare, gli occhi sul fondo del fiume, a pescare il niente.

Tic. Tic. Tic.

Pietro era stato avvertito. Dario si alzò di scatto e spinse il fratello a terra.

«Ti ho detto basta!».

«Ma non è stato lui, caro».

Pietro iniziò a gemere.

Notte fra il 5 e il 6 maggio 2006
Alice e Stefano

«Che c'è? Cos'è successo?».

Alice sembrava uno scricciolo. Le gambe raccolte al petto, gli occhi bagnati. Non era più seduta davanti al computer. Si era rintanata nell'unico angolo libero della stanza. Niente l'avrebbe potuta sorprendere alle spalle. Forse nemmeno i ricordi.

Non l'aveva mai vista così, Stefano ne era certo. Restò un istante sulla soglia, poi camminò verso di lei, le si inginocchiò davanti, le prese il viso fra le mani. Lei lasciò fare. Gli gettò le braccia al collo e lui la cinse a sé, strappandola via a quell'angolo freddo. La portò in piedi, stretta al suo petto.

Non lo avrebbero svegliato nemmeno le granate. Ma i singhiozzi di Alice sì.

«Ho fatto un incubo».

Stefano si sedette sulla sedia davanti al computer, con Alice fra le braccia.

«Me lo vuoi raccontare?»

«Il fratello di Pietro. Dario. L'ho sognato morto, come tutti gli altri».

La voce di Alice era stata troppo simile a quella di Pietro. La voce aveva raccontato i fatti, non le emozioni. Quelle erano rimaste impigliate nel setaccio dell'anima. Stefano rimase in silenzio. Sentiva il cuore di Alice battere più regolare. Le accarezzò i capelli.

«Era reale, Stefano».

«Era comunque un sogno. Sei sotto pressione, queste cose ti stanno accadendo tutte insieme. Mi hai raccontato del disegno di Pietro...».

«Mi ha fatto riemergere un ricordo, Stefano. Il sogno, dico. Qualcosa che avevo completamente rimosso».

«Hai voglia di raccontarmelo?».

Alice nascose il viso contro il collo di Stefano, ne respirò l'odore intenso. Era stato quell'odore, un anno prima, a farle perdere la testa.

«Sì, tanta...».

Poi seguì il silenzio. Interminabile. Per scardinarlo, Stefano rubò gli strumenti al mestiere.

«Ok, in questi casi bisogna partire dal soggetto, anzi ti semplifico il tutto, descrivi le location e spogliale del loro contenuto emotivo, così introduci meglio la storia».

Alice si girò per cercare i suoi occhi.

«Non ci posso credere, mi stai usando!».

«Ma figurati...».

«Ma sì, stai lavorando anche adesso!».

«No, te lo assicuro, ti sto semplicemente aiutando a raccontarmi una storia. La deformazione professionale è inevitabile, questo lo ammetto».

«Quindi non stai lavorando».

«No, *Miss*. Sono completamente al Vostro servizio».

Alice aveva smesso di singhiozzare, era tornata al presente, alla sua vita. Stefano era lì, davanti a lei, col suo sorriso di fuoco e le sue braccia forti. Il passato ormai era un dipinto frantumato, da osservare attraverso un caleidoscopio, un'immagine affascinante e strana, chiusa in un vetro, innocua.

«Bene, vedo che ti ho convinta. Dove si svolsero i fatti di questo tribolante passato?», fece Stefano con voce profonda, quasi spettrale. Alice si accigliò un istante, prese fiato.

«Vicino al Ponte di Tiberio. Lungo le sponde del Marecchia...».

«Bene, molto brava. Abbiamo la location. Ora parlami dei personaggi».

Nella mente di Alice il viso di Lucrezia.

E poi il viso di un altro, anzi, la *percezione* del viso di un altro. Ma sarebbe più corretto parlare dell'immagine subliminale di una percezione, la metà della metà di un fotogramma.

O, più che altro, il sospetto di avere visto qualcosa capace di far vacillare la mente e spalancare un baratro nel cuore.

Alice sgranò gli occhi. Solo il viso di Lucrezia. Ma con labbra meno carnose, taglienti.

Il sorriso di Lucrezia, ma meno puro. Affilato.

Lucrezia ghigna. Dietro di lei un'immagine, trasparente come gas nervino; il sospetto, il sospetto terribile di qualcosa sovrapposto a quel viso.

Alice riprese a singhiozzare. Stefano si fece serio, la strinse. E non cercò di fermarla.

Notte fra il 5 e il 6 maggio 2006

Dal diario di Alice

Qualcosa mi preme nella testa, qualcosa di violento, di meschino, qualcosa che ho paura riemerga, all'improvviso. E mi lasci senza fiato. Di quel giorno niente; quel giorno in cui mi trovarono rannicchiata sotto un faggio, dico. Il vuoto più disturbante. È come se sapessi. E questo è il mio terrore più grande. La mente non può sostenere tutto. L'esperienza spesso non è proporzionata a chi la compie, figuriamoci a chi la subisce.

Quello che ricordo sono frammenti precedenti a quel giorno, sconnessi.

C'era stato qualcosa quel giorno, qualcosa…

Ero arrabbiata con lei.

E poi frasi, riemergono frasi come corpi morti dalle acque. Frasi prive di ancore logiche. Atolli di parole. E io stupida a cercarvi un senso.

Però parlavamo. Tornavamo da scuola, penso. Come sempre. Passavamo per il parco, sotto il Ponte di Tiberio, lo attraversavamo e si giocava. Non c'erano altre ragioni per passare di lì. Non che io ricordi.

«Ma perché gli hai dato il quaderno? Quello è uno scemo!».

«Gliel'ho dato perché sennò i compiti non li fa! E poi tu lo devi lasciare stare, me lo hai promesso!».

Lucrezia si fece seria, imbronciata.

«…Ma dici che gli ho fatto male?».

Si sentiva in colpa.

«No… non credo, però non voglio che fai come gli altri… me lo prometti?».

Tenne la testa bassa, gli occhi lucidi. Poi annuì.

Non ricordo altro.

Nella mia testa un film in bianco e nero, la pellicola graffiata. E troppi pezzi tagliati male.

6 maggio 2006

Mio fratello è figlio unico

Tic. Tic. Tic.

Il vecchio se ne stava immobile. Con la mano batteva il bastone sulla radice nuda di un frassino: vena varicosa della terra.

Dario si alzò in piedi.

«Salve...».

Il vecchio sorrise scoprendo denti opachi, mangiati dal tempo.

«Ciao, caro».

I suoi occhi emanavano freddo. Dario si guardò istintivamente attorno: nessuno.

Pietro osservò il vecchio. Più e più volte, gemendo e colpendosi la testa con le mani. Lo osservò dai mocassini perfettamente lucidi al cappello. Non se li ricordava i mocassini, davvero. Nemmeno il vestito curato, pulito.

Tic. Tic. Tic.

Ma si ricordava il bastone. E in quel momento gridò. Gridò forte.

Il vecchio rise. Fu in quel momento che Dario iniziò a sentirsi a disagio.

«Noi stavamo andando...».

«Dove?».

Quel vecchio era uno sconosciuto, e la mamma di Dario era stata molto chiara al riguardo.

«...Io non la conosco, signore...».
«Questo lo credi tu, caro... è che voi mi dimenticate, come tutti. Guardami bene... io sono l'Uomo dei Sogni».
Lo attirò a sé col bastone, gli mostrò le sue pupille fonde, viscose.
«Io, noi...». Dario era confuso. Non doveva essere buono quel vecchio. Ma non era neppure cattivo. Quel vecchio era strano.
«Io penso che tu non sia andato a scuola, quest'oggi. Cosa dirai a mammina? Che sei sceso dall'autobus perché ti vergogni di tuo fratello?».
Il vecchio scosse la testa, con un ghigno malefico malcelato dietro un apparente disappunto.
«Lei, lei...». Lei come lo sa? Questo voleva chiedere Dario. Ma il vecchio lo guardava negli occhi. E Dario si accorse di essere stanco. Molto stanco.
Ma era ancora presto.
«Siamo in troppi qui», disse il vecchio. E girò di scatto la testa, ma non riusciva a inchiodare il suo sguardo a quello di Pietro, perché Pietro volteggiava, gemeva, urlava.
Il vecchio brandì il bastone contro le tibie di Pietro, che prese a saltellare in modo grottesco, come un insetto a cui abbiano strappato una zampa. Questa volta Dario comprese: quel vecchio era cattivo. Molto cattivo: crudele.
«Ehi, lo lasci stare! Aiuto!».
Ma in quel parco non c'era nessuno.
Il vecchio colpì ancora. Questa volta Pietro rovinò a terra.
«Lo lasci stare, per favore!», piagnucolò Dario, il moccio gli colava sulle labbra.
Il vecchio non ascoltava, il vecchio aveva da fare. Gli montò sopra a cavalcioni e con le dita vizze gli sollevò le palpebre. Voleva i suoi occhi. Voleva mangiare.
L'epilessia travolse Pietro. Serrò i denti, quasi fino a spac-

carseli. Ribaltò gli occhi indietro. E il Divoratore vide solo due vuote pozze di bianco. Inutili.

Il Divoratore strillò. Uno strillo acuto, uno squittio, capace di invertire il flusso al sangue.

Si alzò di scatto, in modo troppo veloce. Anormale. Come se avesse fatto perno semplicemente sul pensiero.

«Lo aiuti, lo aiuti!», urlò Dario, lanciandosi sul fratello mentre cercava di aprirgli la bocca, perché non si strozzasse con la lingua.

Il vecchio rideva. Ma soprattutto colava bava schiumosa, quasi rosa, dalle labbra sottili.

Dario non sentiva le lacrime rigargli le guance.

«È molto bello, sai ragazzo?»

«Lo aiuti, la prego!».

Dario non sentiva nemmeno il moccio scivolargli in gola. Denso e salato.

«Guarda come trema, tuo fratello è il diapason dell'universo, mio caro».

E pose la mano nodosa e cerea sul capo di Dario, carezzandogli i capelli.

Dario fece forza sulle braccia e provò ancora; la mandibola scattò e lui ci mise il suo polso. Pietro serrò. Dario non sentì dolore. Neppure quando gli incisivi del fratello penetrarono la carne.

Il vecchio finse un attacco epilettico, proprio di fianco a Dario. L'unica cosa vera era la schiuma rosa vomitata dalla bocca. Poi, in un gesto repentino, spalancò le fauci e addentò l'altro polso di Dario.

Pietro lasciò la presa, gli occhi tornarono vivi, ma non riusciva ad arrestare le convulsioni.

Il Divoratore rimase supino, lasciò andare il polso di Dario e lo trascinò su di sé. Gli leccò il viso e con i pollici avvizziti gli spinse in su le palpebre, costringendolo a guardare.

«Voi siete la mia linfa, lo capisci, piccoletto? Io sono *vero*. Abito in tutti. Ma quasi nessuno mi crede. Io posso fare miracoli. Mi credi? Se mi vedi io ti credo, se mi credi io ti vedo…».

Sulla pancia del Divoratore, proprio sopra la bella giacca scura, una pozza calda di urina andò allargandosi.

«Io amo il tuo calore».

Il Divoratore sgranò gli occhi. Lì dentro Dario vide Pietro. Era un ragazzo normale, lo invitava a raggiungerlo. Era grande, forte e bello, Pietro. Si comportava come un dio. Come il fratello che tutti vorrebbero avere. E intorno a lui c'era un sacco di gente e tutti gli volevano bene. Dario sorrise, lo chiamò per nome. E iniziò a scendere. O almeno così gli parve, mentre il Divoratore lo assimilava nel suo misterioso e irreversibile *dentro*. Gli parve quasi di sfiorare Pietro, ma non sentì più le braccia. Non sentì più nulla. Non percepì più se stesso. Solo un soverchiante vuoto, immateriale e gelido. Non sapendo trovarsi, fu costretto a restare. A rimanere nel niente. E vide lentamente suo fratello mutare, ritornare all'immagine reale, a quella di sempre, a gemere e urlare. Ma questa volta vide anche gli occhi di suo fratello ribaltarsi all'indietro. Bianchi. E dentro gli occhi vide la sua faccia riflessa urlare. Vide la schiuma rosa uscirgli dalla bocca. Tentò di risalire il baratro. Ma non aveva più arti.

Il Divoratore sbatté le palpebre. Sopra di lui solo un mucchietto di vestiti perfettamente impilati gli uni sugli altri. E al suo fianco Pietro, con gli occhi del terrore, spalancati. E le membra rigide, come morte.

Il Divoratore afferrò i vestiti con entrambe le mani e li gettò nel fiume. Si alzò in piedi e contemplò la chiazza di urina sulla giacca. E mentre la contemplava, la chiazza si dissolse.

«E ora tocca a noi».

Si inginocchiò sopra a Pietro e gli fermò la testa con le mani. Pietro guardò. Non poté evitarlo. Provò a orientare le orbite altrove, ma il Divoratore gli premette il naso contro il suo. Pietro poté sentire la puzza del suo fiato. Sapeva di carta, di muffa, di cantina e di colori a olio.

Poi vide il nero delle pupille cambiare, lo vide diventare viscoso e poi aprirsi, come un sipario sul niente. Il buco nero dell'universo. Laggiù Pietro riconobbe se stesso, ma diverso dai soliti giorni. Diverso dalla solita vita. Là sotto Pietro era un bambino normale. E giocava normalmente con bambini normali. Si sentì leggero.

«Noi siamo tutti fratelli, quaggiù. Nessuna differenza. Voi e loro, per me è lo stesso. Nutrimento degli dèi, lo vedi tuo fratello, Pietro?».

Sì, lo vedeva. Giocare insieme agli altri. Poi però notò un dettaglio. L'erba su cui giocavano era grigia. Non verde.

E i tronchi degli alberi erano neri, color del nulla. Pietro guardò. E non provò attrazione. Guardò meglio, e vide che quel se stesso aveva labbra strane, più sottili, taglienti, feroci. Guardò meglio, e vide che i bambini avevano gli occhi dei morti. Gli occhi vitrei e acquosi dei pesci.

Vide che suo fratello era morto. E si ricordò quel che aveva visto.

Si ricordò di avere visto suo fratello morire.

Pietro blindò gli occhi. Smise di guardare.

Perché quello che vedeva non poteva essere reale.

«Guarda, piccolo figlio di troia schifosa!».

Pietro riprese a gemere. Il Divoratore gli agguantò i capelli e glieli tirò con forza.

«Ti ho detto di guardare, piccolo aborto di natura, buco di culo! Merda!».

Un cane bastardo abbaiò. Prese a correre verso di loro. Il sole iniziava a lubrificare le ossa ai vecchi e il fiume a brillare. Persino il Ponte di Tiberio ora tremava, riflesso nell'acqua. Alla luce del giorno che si faceva sempre più calda, l'universo recitava la stessa parte. Quella a cui i più volevano credere.

Il Divoratore vide il cane corrergli incontro, e il padrone zampettare dietro al cane. Puntò i suoi neri spilli viscosi negli occhi di Pietro, lo guardò con odio, fame e rancore. Con occhi di bestia famelica e braccata. Poi si alzò, il viso contratto in una smorfia di rabbia. Diede la schiena a Pietro e camminò furente verso una casa in rovina che si affacciava sul parco. A ogni passo perdeva consistenza. Fino a sparire del tutto.

Sopraggiunsero cane e padrone; il vecchio, gracile e anemico, vide Pietro gemere e urlare. Chiamò aiuto.

Come Abdul Mustafà, non si avvicinò. Ma a differenza di Abdul Mustafà, la gente non avrebbe mai osato pensare che un vecchio potesse essere responsabile di tale scempio.

Come se la vecchiaia lavasse via ogni pulsione umana.

6 maggio 2006, ore 12:45

Alice ricorda

Alice e Stefano erano stati svegliati a tradimento, a quella che in vacanza può considerarsi l'alba: le 12:45. L'ora della prima colazione.

Il telefono insisteva.

Alice si era arresa all'idea, si era alzata. Aveva agguantato il cordless.

«Eh».

Per riattivare le competenze sociali era davvero presto.

«Signor Monti…».

Silenzio. Le pupille divorarono l'iride, le pulsazioni il cuore. Alice sentiva freddo, come se avesse la febbre.

Non disse niente. Ripose il cordless e tornò a letto, sdraiata su un fianco, la schiena a Stefano e il viso al muro.

«Chi era?».

Nessuna risposta.

«Alice, chi era?».

Silenzio tombale, la mano di Stefano sul collo di Alice, gelido.

Nessun movimento.

«Alice, si può sapere chi era?!».

La scosse. Ma niente.

Stefano accese la luce.

E per la prima volta sentì il brivido dell'orrore. Arrampicarsi lungo la schiena e azzannargli i lombi.

L'abbracciò stretta, il viso contro la sua spalla, per non guardarla in volto, per non vederle gli occhi veramente troppo grandi e il pollice, infilato in bocca, succhiato con la voracità dei bambini. Quando hanno paura.

6 maggio 2006, ore 09:00

Quando l'ambulanza arrivò, Pietro guardava il cielo.

I muscoli tesi fino a strapparsi, nel tentativo di applicare un controllo estremo al cosmo. Provarono a chiamarlo per nome: Pietro guardava sempre il cielo. Provarono a piegargli le braccia; ancora cielo. Poi lo caricarono così: contratto, assente, sicuro nella sua pre-morte.

Fu la madre a chiamare l'ospedale. Le telefonarono da scuola dicendole semplicemente che dei suoi figli non c'era l'ombra. Come tutte le madri, pensò al peggio.

Pensò *quasi* al peggio. A quelli dell'ospedale disse che no, suo figlio non era muto. No. Nemmeno paralitico. «Siete voi i dottori», urlò al telefono. «Ve lo deve dire una madre cos'ha suo figlio? Passatemi l'altro». Così disse. L'altro chi? Come l'altro chi? Avevano voglia di scherzare? Che gli passassero Dario, il figlio minore, subito. «Non c'è nessun Dario, signora». Così risposero: nessun Dario. E dov'era Dario?! Come non c'era?! Come sarebbe a dire che non c'era?! «Chiamate la polizia, qualcuno!». Così disse.

E si scapicollò all'ospedale con suo marito.

Una madre non conosce suo figlio. Pietro era muto. E paralizzato.

Aveva provato a chiamarlo per nome, aveva indossato la tuta verde. Aveva provato.

Pietro guardava il soffitto.
E non riconosceva sua madre.

***

L'unico testimone. Così aveva detto la polizia. Segni di colluttazione c'erano, tracce di lotta sul manto erboso, sul fango. Ma impronte, nessuna. Qualcuno era arrivato ed era sparito, uno scherzo alla Copperfield. Avevano trovato pure i vestiti. E il dramma degli X-files venne tragicamente riaperto. Questa volta i vestiti non erano proprio impilati. Anzi, la corrente se li era lavorati per bene: tracce, nessuna. Né sangue, né sperma, né niente. Roba da far venire i brividi. Pietro c'era stato, lui aveva visto. Ma a forza di fargli domande, si erano stancati: Pietro guardava il soffitto. Non un movimento. Non un accenno di fame, di dolore, di paura, terrore, noia, disperazione. Nemmeno un segno del suo essere umano. Una creatura sovrumana, un idolo, ecco cos'era diventato. Bello da sembrare dipinto.

Col suo sguardo algido, assente, impenetrabile, viaggiava su distanze imperscrutabili. Verso un oltremondo e ancora oltre.

Viaggiava al contrario. Fino agli arcipelaghi affondati dell'anima. Silenziosi, solenni, inviolabili.

***

«Pietro, amore…».

Sua madre singhiozzava. Ai piedi del letto suo padre e un poliziotto.

«Per favore Pietro, di' qualcosa… cos'è successo a Dario?».

La crudeltà istintiva del silenzio. Pietro abdicava alla vita.

Erano più di tre ore che sua madre se ne stava lì, seduta accanto al letto. A parlare col corpo sordo di suo figlio.

«Pietro... rispondi alla mamma...». Gli prese le mani: lastre di ghiaccio.

Il signor Monti le sfiorò i capelli.

«Andiamo», le disse. «Devi riposare».

«Il mio bambino... i miei bambini...», sussurrava la signora Monti. Ma si alzò. Solo quando fu sulla porta poté udire distintamente la voce di Pietro, chiara come un temporale.

«I miei fogli. I miei colori».

I miei fogli. I miei colori. Così disse. Sua madre gli fu addosso con mille domande, suppliche, lacrime. Il poliziotto avrebbe voluto essere altrove.

Pietro guardava il soffitto.

«Avete sentito?! Ha parlato! Lui ha...».

Chiesto i suoi fogli, i suoi colori. Risposero che avevano sentito. Quel ragazzino dipinto nella carne aveva parlato.

«Magari ci scriverà quello che è successo... vado a prendergli il materiale», disse il poliziotto.

«Lasci stare, lui vuole i suoi, vado a casa a prenderli».

«Ma signora, fogli e colori ci sono anche qui».

«Lei non capisce».

E se ne andò senza voltarsi indietro.

***

Pietro disegnava. Il volto inespressivo. Attorno a lui un medico, uno psichiatra, il signore e la signora Monti. Tutti muti. Come se avessero paura di disturbarlo, perché quella di Pietro era una concentrazione anomala, adulta, ostile.

Pietro disegnò senza guardare nessuno. Mai. Quando non guardava il foglio, guardava il soffitto. Sua madre provò a frapporsi, ma Pietro il soffitto sapeva guardarlo lo stesso. Oltrepassava sua madre, la negava con gli occhi, la uccideva. O almeno così si sentiva lei: uccisa.

Quando Pietro finì il disegno lo appoggiò in grembo e continuò a guardare dove non faceva male. Lo psichiatra lo prese, lo guardò a lungo. Sua madre glielo strappò di mano.

Lo osservò per meno di cinque secondi.

E svenne.

***

«È il vecchio del disegno, come ve lo devo dire?! Un maniaco schifoso! Invece di fare domande a me, dovreste sguinzagliare i vostri uomini e arrestarlo!».

La signora Monti era viola, rigida sulla sedia, proprio di fianco al letto su cui stava Pietro; la signora Monti ricordava il disegno che aveva fatto suo figlio, dopo quel pomeriggio nel cortile del Pep. Ricordava quel che il ragazzino al centro del disegno aveva osato fare, ricordava il vecchio dietro le rade foglie dell'alberello argentato. Ricordava la morte di Filippo.

Poi pensò a Dario e corresse il pensiero: ricordava la *sparizione*.

«Li ha presi lui! Tutti e quattro!».

Strillò mentre batteva forte i piedi a terra.

«Calmati, ti prego», la implorò suo marito.

«Rivoglio il mio bambino…». E scoppiò a piangere.

La polizia e gli psichiatri avevano un identikit: un vecchio vestito di scuro, elegante, dai lineamenti affilati e crudeli. Un disegno che avrebbe potuto dirsi reale, eccellente, se non fosse che il vecchio aspirava Dario dentro ai suoi occhi, come si fa con la polvere sotto gli armadi.

Considerare quel disegno attendibile sarebbe stato per

quei signori come volere attraversare l'Oriente con una cartina disegnata da Paperoga.

E poi, a complicare le cose, quel disegno faceva paura. Schizzato con carboncino e sanguigna su carta porosa, schizzato ad arte, quel disegno urlava. Se la fantasia può rendere le cose più reali, Pietro seppe trovare il modo. Nei tratti di quel volto Pietro aveva saputo ritrarre quel che al solo occhio non è concesso vedere. Lui di quel vecchio aveva assorbito l'essenza, e l'aveva tradotta per chi sapeva usare solo la vista. Ma quel che faceva gelare il sangue era il corpo di Dario, o meglio, quel che ne restava. Dario aveva la consistenza di uno straccio da poco, qualcosa di disossato, flaccido. Qualcosa di inanimato. E di morto.

«Signora, lei deve capire che non possiamo fare affidamento su questo disegno, è... è... irreale. Dobbiamo concentrarci e lavorare su quello che Pietro vuole comunicarci a livello simbolico».

La signora Monti non ascoltava.

«Voglio il mio bambino...», sussurrava.

«Signora, mi ascolti... capisco che è un momento difficile, ma abbiamo bisogno di qualcuno che riesca a comunicare con suo figlio, qualcuno di cui lui si fidi.

Il signor Monti si avviò alla porta.

«Vado a chiamare Alice».

***

Aveva guidato Stefano. Il blackout nella mente di Alice era svanito. Il terrore no. Continuava ad avere davanti il volto di Lucrezia, e sovrapposta al volto, l'immagine subliminale di qualcosa di altro. Qualcosa di ghignante. Qualcosa di cattivo.

Pensava al sogno. A Dario. A quel qualcosa nella testa che saltava prima che potesse mettere assieme i pezzi.

Quando si trovò di fronte al letto di Pietro si sentì in colpa.

Per avere sognato.

La cosa era stupida, lo sapeva. Ma si sentiva in colpa lo stesso. Perché con qualcuno bisogna prendersela. Sempre.

«Ciao Pietro».

Disse. Non lo chiamò aspettandosi una risposta. Rispettò la sua posizione, il suo essersi ritirato dal mondo. Lo salutò perché ne aveva voglia. E voleva che lui lo sapesse. Pietro mosse impercettibilmente la testa. Ma gli occhi restarono lassù, al soffitto.

«Vede, questo è il disegno», le disse il medico mettendoglielo sotto il naso.

Alice lo strinse. Lo guardò. E la testa cominciò a tremare, come le mani. Il viso si contrasse in una smorfia di dolore, si decolorò all'istante. Lucrezia le ghignava nella testa, la luce innaturale degli occhi, le labbra troppo, troppo sottili. E sotto c'era lui, lui e ancora lui: il vecchio. Il vecchio: l'immagine subliminale a sovrapporsi al volto di Lucrezia, a deturparlo.

«Alice».

«Lui... lui... è...».

Stefano le tolse bruscamente il foglio dalle mani e la strinse fra le braccia.

«Portate una sedia, non vedete che sta male?».

Arrivò la sedia e dell'acqua fresca.

«Non capisco...», fece il dottore. «Lei conosce la persona raffigurata?»

«Come? No. Io... io...».

«È sotto shock, è intima da anni della famiglia Monti, le dia tempo», la protesse Stefano.

«Io... io non ricordo», sussurrò Alice. «Devi aiutarmi Stefano. Io voglio ricordare. Io *devo*».

Capitolo cinque

Marzo 1986

In classe con Denny

La fronte di Denny è incrostata di rosso, i bambini non chiedono, gli stanno distanti. Denny prende posto, il solito, vicino alla finestra. Tira fuori l'astuccio, lo apre, tamburella con la penna sul banco e guarda i piccioni bighellonare sui tetti.

«Denny, cos'hai fatto?».

La maestra si avvicina, la lezione non è ancora iniziata. Denny si nasconde la fronte con le mani.

«Fa' vedere».

La maestra è gentile e profuma di buono. Gli prende la manina e la scosta. Quell'intimità non lo ferisce.

«Sei caduto?».

Denny annuisce. E i bambini ridono. Ride Diego, il bambino grasso. Ride la bella bambina bionda al suo fianco. La bella bambina bionda con gli occhioni celesti.

«Batte la testa contro i vetri come i matti!», grida Diego.

«Diego, sta' zitto», gli dice la maestra.

«Io non sono matto», sussurra Denny. E le manine spezzano la penna. La plastica graffia la carne, la arrossa, la lacera. Le guance di Denny si infiammano, gli occhi divengono pozzi siderali.

"Questo bambino è strano", pensa la maestra. E si scosta. Ogni allontanamento è uno strappo all'anima. Denny sente le suture del cuore saltare. Ogni volta. E ogni volta sono calde. Non cicatrizzano. Mai.

«Vai a sciacquarti con acqua fredda, Denny, ti farà bene».

Lo liquida così: ti farà bene.

«Cominciamo la lezione bambini».

E la lezione comincia. Senza di lui.

Denny si fa strada attraverso i banchi.

«Dài, faglielo tu», dice Diego alla bambina bionda.

«Ma perché io?»

«Perché io sono in mezzo, dài, passa adesso!».

La gamba esile della bambina bionda indugia, poi si tende. Denny inciampa. Cade. Le mani a proteggere la faccia. Boato di risa impietose.

«Denny!», grida la maestra.

Denny si alza, il viso è una miccia. Punta il dito verso la bambina bionda. Dalla sua bocca non esce suono.

«Chi è stato?! Lucrezia sei stata tu?!», chiede la maestra.

«Non è stata Lucrezia, è caduto da solo, come una pera marcia!», dice Diego.

«È vero? È caduto da solo?», chiede ancora.

Lucrezia annuisce.

«Dài Denny, se non ti sei fatto male vai in bagno e fai in fretta, fai il bravo», gli dice la maestra. *Fai il bravo*. E Denny esce e fa il *bravo*. Denny si toglie dai coglioni e fa il *bravo*. È sempre *bravo*, Denny, quando si toglie dai coglioni.

Allo schienale di Lucrezia arriva un calcio. Lucrezia si gira.

«Che c'è?».

Alle sue spalle una bambina, capelli bruni, crespi, occhi guizzanti e profondi.

«Ti ho vista», sibila.

«E allora? Mica si è fatto male».

«Se vuoi essere ancora mia amica non devi farlo mai più».

«Alice! Cominciamo il dettato...», grida la maestra.

«Ben ti sta», le sussurra Lucrezia.

Alice le fa la lingua. Poi si sorridono. Sa che Lucrezia non farà più male a Denny.

Mai più.

***

Classi su entrambi i lati, il corridoio è stretto, soffoca. In fondo, troppo in alto, finestre. Girando a destra, i bagni dei maschi. Ma prima c'è una tappa obbligata: suor Anna. Suor Anna è una bidella, ma è soprattutto la guardiana del bagno. Ma non è questo che la contraddistingue. Sono le rotelle a fare la differenza. E quelle di suor Anna sono davvero fuori posto.

«Vieni qui, vieni qui», dice a Denny. E se lo stringe fra le tette. Puzza.

«Bacia Gesù, bacia Gesù». E tira fuori dalla tasca lercia e nera un santino sbavato di fresco. Se lo porta alle labbra raggrinzite e viola e lo bacia una, due, tre volte. Non nota la fronte tumefatta di Denny. Non la vede proprio.

«Bacia, bacia Gesù», e Denny bacia e reprime un conato di vomito.

«*Bravo*, tu sì che sei un *bravo* bambino. Adesso va' in bagno e fa' presto, che se ci metti più di cinque minuti Gesù piange e io devo venire a vedere».

Denny ha avuto la meglio sul guardiano della soglia. Entra in bagno. Apre il rubinetto e mentre attende che l'acqua diventi gelida lo sguardo gli cade sullo specchio. Si volta istintivamente alle spalle: nessuno. Ritorna a guardarsi.

Nella testa due pensieri ossessivi: Diego e Lucrezia. Rodono.

Ancora lo specchio. Lì c'è la causa. Denny la scruta. Denny

si scruta. E prova a ridere: come loro. Ma gli fa male, giù nella pancia.

Nella testa sempre loro: Diego e Lucrezia. I loro sorrisi ottusamente perfetti. Ridono.

E la causa è sempre lì, nello specchio. Denny si scruta. Ancora.

Ridi... Ridi...

Solo smorfie. La pancia brucia.

...Ridono... i pazzi... loro non sanno... che tu li ammazzi...

La pancia si placa. Nello specchio, ora, la fronte insanguinata di Lucrezia.

E ride. Ride sul serio. Così forte che quasi deve pisciare.

Lucrezia con la testa spaccata. Un'immagine da ridere.

Lucrezia mostra i denti: canini bianchi, appuntiti.

Lucrezia ringhia.

Il cuore scalcia: con l'aggressività si può giocare. Mette le dita sotto il getto artico, si bagna la fronte, si sfrega la faccia, una maschera rosso stinto; l'acqua stinge, scolora. Il viso allo specchio è Lucrezia affondata: morta, sul fondo del fiume.

...sotto il sole e in piena notte Lui arriva e sono botte, lui rapisce e sa ammazzare chi del pazzo mi vuol dare...

Nebbia. Denny ha la faccia contro il vetro, ride, lo appanna, non riconosce lo specchio. Denny guarda sul fondo del fiume: Lucrezia affondata. Ce l'ha dentro gli occhi, in fondo alla testa. La fantasia sbrana i confini, niente dentro né fuori. Niente spazio né tempo. I confini si dissolvono in fiamme.

Lucrezia si gonfia, il fiume la mangia. Denny non può più giocarci, peccato. E la risata ammutolisce, la pancia brucia, ancora. Ma questa volta Denny la pancia non la trova. È dentro o fuori? Dov'è la pancia? Di chi è la pancia?

Denny vuole tornare.

Nebbia.

Niente specchio, né presente. Solo nebbia. Il respiro fa gocciolare lo specchio.

Denny non sa più chi guarda chi, ora. Ha perso il fulcro, il centro. L'identità. Non si percepisce più.

Denny ha paura.

Quello che fissa fa male, d'istinto indietreggia.

La nebbia si dirada. Allo specchio un viso imbrattato.

Gli piacerebbe tornare in classe e urlare, spaventarli a morte, è vero.

A morte Diego Tordi.

A morte Lucrezia Contini.

A morte.

Ma più di tutto vorrebbe tornare dentro ai suoi occhi.

Se torna, giura che non ammazzerà nessuno. Nemmeno per gioco.

Giura che farà il *bravo*. Ha fatto un gioco sporco. È stato *cattivo*.

Sente le mani. Le mani sono tornate. Tremano sotto il getto d'acqua gelida, sono viola; lavano l'onta, il sangue, i pensieri.

Adesso c'è Denny allo specchio. Il viso congestionato, bruciato dal freddo. Si guarda ancora alle spalle: nessuno. Nessuno ha visto. Nessuno.

Però li sente. Passi. Sono venuti per lui, perché Denny è un bambino cattivo, molto cattivo.

«Cosa fai ancora qui?! Lo sai che Gesù piange! Bacia Gesù, bacia Gesù!».

Suor Anna tira fuori il santino slavato. Denny bacia contento di baciare. La nausea è un prezzo ridicolo sproporzionato rispetto alla colpa.

Denny esce, cammina lungo il corridoio. La fronte è pulita, la memoria sanguina. Denny ha visto lo specchio ghignare, ringhiare, bramare morte. Nessuno deve sapere, nessuno. Se farà il *bravo* i cattivi pensieri spariranno. Se farà il *bravo* dimenticherà. Dimenticherà che lo specchio gli è piaciuto. Gli è piaciuto giocare al massacro.

Denny è violento.

Denny non accetta di essere violento.

Denny ha bisogno di qualcuno che sappia esserlo per lui.

E intanto l'odio preme, marea sottovetro, contro le dighe del mondo.

***

Tornato in classe Diego gli fa l'occhiolino.

Denny prende posto in silenzio.

«Quando calò la sera sulla casa del contadino, i lupi uscirono dal bosco...».

La maestra continua a dettare. Denny vuole fare il *bravo*, non vuole disturbare. Per fare il *bravo* Denny ha capito che non bisogna mai chiedere nulla, nemmeno aiuto, perché chiedere aiuto disturba. Denny ha capito che per fare il *bravo* bisogna fingere che tutto proceda dritto, orizzontale, senza scosse e variazioni. Pertanto prende una matita dall'astuccio, apre il quaderno e fa finta di scrivere.

In realtà Denny disegna. Tratti senza senso. Spirali. Righe spezzate. Denny preme la matita, tratti grassi, profondi. Grafite sbriciolata sul foglio.

Poi si ferma. Spalanca la bocca. Ha creato.

A cosa ha pensato? Ha pensato? Quel che è certo è che la mente ha domato i segni scomposti, ne ha avuto cura. E ora il disegno ammicca. Non crea dolore.

«Psss... Denny».

Si sente sfiorare la spalla, si volta all'istante. Gli altri hanno già indossato le cartelle, stanno uscendo. La campanella è suonata. Non l'ha sentita.

«Tieni», dice Alice, in piedi di fianco a lui, vestita di tutto punto. «Così a casa puoi copiare il dettato...».

Denny prende cautamente il quaderno che gli viene offerto. Non dice nulla. La sua bocca non è abituata alla parola "grazie".

«Chi è?», gli domanda Alice, mentre fissa curiosa lo strano disegno. Denny lo copre all'istante con l'astuccio.

«...Nessuno».

Alice fa spallucce e se ne va, Lucrezia la aspetta sulla soglia sbuffando.

Denny resta solo, a fissare il disegno.

Lui chi è?... È il più potente... mangia gli occhi della gente... Lui vive dentro ai sogni, lui è l'Uomo... l'Uomo dei Sogni...

***

Quella notte Denny delirò, la fronte rovente. L'Uomo dei Sogni continuava a ghignare. Ma soprattutto l'Uomo dei Sogni ammiccava. Denny lo poteva vedere persino a occhi blindati, fagocitato dalle coperte.

Tic tic tic. Il suono del suo bastone su nuvole di ghiaccio.

Tic tic tic. Il suono dell'impazienza.

Perché l'Uomo dei Sogni aspettava qualcosa.

La luce dorata del mattino lo colpì pietosa riportandolo al reale.

In casa, silenzio.

Scalpicciò fino alla cucina. E lungo il corridoio ebbe l'accortezza di tenere gli occhi bassi. Nemmeno uno sguardo alla tela. Nulla. Ci passò davanti come un treno.

E la sua mano era già a rovistare nel frigo. Contro le serrande la luce premeva.

Pensò di guardare l'orologio.

Si limitò a pensarlo.

Nel frigo quantità spaziali di Budweiser e un cartone di latte scaduto, ma solo dal punto di vista burocratico.

Denny aveva imparato che le cose difficilmente scadono. Se annusandole lo stomaco non si fosse attorcigliato fino a impiccarsi, significava che, dopo tutto, la roba era ancora buona.

Quindi latte e cornflakes, che davvero non scadono mai.

Pensò ancora di guardare l'orologio.

C'era tempo. Si limitò a sbattere forte lo sportello del frigo.

In casa silenzio.

Spazzò via con la mano i resti di cibo dei giorni precedenti e si sedette al tavolo.

Mangiò vorace. Facendo rumore.

In casa ancora silenzio.

Al diavolo. Denny guardò sopra il frigo. Il quadrante diceva per forza il vero: le dodici.

Denny si rassegnò all'idea. Si alzò e prese a camminare per il corridoio, ma questa volta piano, molto piano. Perché i fantasmi hanno il sonno leggero. Anche di giorno.

La porta della camera da letto di sua madre era socchiusa.

Dentro il puzzo inconfondibile di Rye whiskey.

Papà era tornato.

La manina di Denny spinse la porta.

E scoprì che il Bianconiglio che rapiva sua madre aveva zanne taglienti.

Suo padre era bello marcio. La bottiglia di Rye whiskey gli restava in mano contro ogni legge fisica, qualche centimetro sopra il pavimento lercio, come se tutta l'energia vitale di quell'individuo si concentrasse proprio lì, fra i polpastrelli.

Ma non dormiva.

Sua madre sì, invece.

«...Deeenny...».

Denny non entrò. Rimase impalato sulla soglia. Quando

in aria si respirava Rye whiskey era sempre meglio restare sulla soglia. Perché suo padre faceva come i coccodrilli. Placido, quasi del tutto sommerso da acque torbide. E poi feroce, maledettamente rapido a balzare sulla preda.

«Quella puttana di tua madre non ci romperà più il cazzo con le sue stramaledette pillole... se n'è ingoiata un vasetto, la vacca...».

Denny sentì qualcosa di gigante in gola. Non andava né su né giù.

Sua madre dormiva. E non si sarebbe più svegliata.

«Dennyyyyy!».

Crash!

La bottiglia di Rye whiskey si fracassò contro il muro. Denny la vide arrivare, si riparò dietro alla parete.

Sempre sulla soglia. Stare *sempre* sulla soglia.

«Parlo con te ragazzo... cosa ne facciamo di noi due, adesso, eh?! Io avrei un paio di idee».

Sempre in silenzio. Stare *sempre* in silenzio.

Suo padre avrebbe continuato a parlare. E lui avrebbe solo dovuto annuire. Semplice. Sicuro. Testato.

Suo padre parlò: avrebbe aspettato che gli fosse passato il "sonno", così lo aveva chiamato. Perché una bottiglia di Rye whiskey può dare sonnolenza, in effetti.

Avrebbe aspettato che gli fosse passato il sonno e poi avrebbe portato quel che restava di sua madre all'ospedale. Una volta tornato tutto sarebbe ripreso come prima, anzi, meglio: più libero.

«Perché fra maschi ci si intende meglio, figliolo...».

***

Phantom of the Opera degli Iron Maiden rimbalza sui muri, si aggrappa ai timpani.

La camera da letto è aperta.
Suo padre non la chiude nemmeno quando scopa.
Denny sente le due ragazze gemere.
Capita spesso. Non tutte le notti però. Tutte le notti non ce la fa. Non ce la farebbe nemmeno a scoparsene mezza, certe notti. Ma stasera è in forma. E suo padre scopa. E urla: «...I've been looking so long for you, Now you won't get away from my graaaaaaaaasp!».
You've been living so long in hiding, in hiding, behind that false mask. And you know and I know that you ain't got long now to last. Your looks and your feelings are just the remains of your past.
Denny ha le coperte fino agli occhi.
Denny deve fare pipì. Si rannicchia in posizione fetale, si preme le mani fra le gambe. Prega perché il sonno lo falci.
E invece gli scappa proprio da pisciare.
Al diavolo. Denny si alza. Mani premute contro le orecchie. Al diavolo *Phantom of the Opera*, al diavolo suo padre. I piedini attraversano il corridoio, sorpassano la tela, i piedini continuano, sorpassano la camera, l'occhio cattura solo l'ombra che i tre corpi gettano sulle piastrelle: un cerbero impazzito. Denny decide di non pensarci.
Denny raggiunge il bagno.
Puzza di sesso, di urina, di birra e di Rye whiskey.
Fa quel che deve fare e se ne torna in corridoio.
«Ehi, ma che carino!».
«È più bello di te, sai?».
Le ragazze sono in piedi sulla porta. Hanno finito. Gli strizzano le guance e lo baciano in fronte.
Le ragazze puzzano, di sesso, di birra e di Rye whiskey.
«Vuoi provare, Denny?», chiede suo padre sguaiato.
Denny tira dritto, a testa bassa. Li sente ridere. Ha voglia di vomitare.

Non rallenta il passo, ma il suo sguardo cerca la tela.
L'Uomo dei Sogni è serio, questa volta.
L'Uomo dei Sogni sa che non c'è un cazzo da ridere.
Denny si arresta. Delle risate non gli frega più nulla.
Forse l'altra sera ha guardato male.
Forse è stato stupido: un bambino stupido.
Il quadro è solo un quadro ora.
Niente di pericoloso.
A Denny si muove qualcosa dentro: un pensiero. Un guizzo.
Forse quel quadro dovrebbe portarselo in camera.
Forse.

***

La caligine toglie il fiato. Pesa.

Suo padre fuma mentre dipinge. Quando non dipinge beve. Quando non beve, beve fuori casa.

Denny ci ha pensato. Ci ha pensato molto bene.

«Papà...».

«Mmm...».

«Posso tenere l'Uomo dei Sogni in camera?».

Suo padre si volta. Forse per la prima volta da quando Denny è al mondo.

Denny deglutisce e continua. Perché ci ha pensato, ci ha pensato molto bene.

«Mi piace proprio il quadro che hai fatto, papà. E vorrei tenerlo in camera, così lo guardo prima di dormire...».

Suo padre scoppia a ridere. Gli batte una poderosa pacca sulla spalla. Lo fa tossire.

«Se ti sentisse tua madre creperebbe un'altra volta. Certo che lo puoi tenere, figliolo. Tu sì che hai buon gusto».

Manca solo una cosa per rendere perfetto il tutto e quella cosa gli stride in bocca, gliela deforma: «Grazie, papà...».

Suo padre afferra la tela e la porge al figlio. Le mani tremano, stringono. L'Uomo dei Sogni lo fissa, inespressivo. Un semplice dipinto bidimensionale.

Denny corre in camera, mette il quadro sopra la scrivania.

Chiedere a suo padre di appenderlo sarebbe stato troppo.

Sì. Denny ci aveva pensato veramente bene.

C'era solo una cosa che Denny aveva sottovalutato.

Di essere un bambino arrabbiato.

Molto, molto arrabbiato.

Capitolo sei

7 maggio 2006

Dal diario di Alice

Stanotte ho sognato conigli. Erano neri, con gli occhi cattivi. Stavano fermi: mi fissavano dietro un recinto di ferro. L'erba era grigia, colore del piombo.

Avevo voglia di correre, scappare. Ma le mie gambe venivano recise di netto. Mi guardavano anche loro, galleggiavano nel fiume. Il mio busto affondava nella melma.

Non sentivo dolore, questo lo ricordo bene; quello che sentivo era immobilità. Una frustrazione accecante. Poi il coniglio più grosso parlò, potevo vedergli la lingua: umana e pelosa. E gli incisivi gialli, incrostati; fra l'uno e l'altro, cibo: rosso.

«Lascia stare, Alice. Davvero. La tana del Bianconiglio è nera. Il Bianconiglio stesso è nero. Siamo tutti neri. E siamo i figli. Il Bianconiglio è carnivoro. Noi siamo carnivori. Fatti la tua vita, Alice. Davvero».

Poi ho visto le mie gambe, non erano più nel fiume. Erano dentro al recinto; e i figli neri sopra, a pasteggiare. Rosicchiavano fino alle ossa. Questa volta sentivo dolore.

Più divoravano e più crescevano, anzi, si *agglomeravano*. Sopra i resti macilenti della mia carne si ergeva un unico, grosso, nero coniglio, il pelo sul muso impiastricciato di carne. E sulla testa capelli, colore del piombo. Se ne stava in piedi sulle zampe posteriori. Era *umano*.

«Lascia stare, Alice. Davvero. Altrimenti ti farai mangiare tutta».

Mi fece l'occhiolino. Poi sentii le mie braccia strapparsi dal tronco. Le vidi oltre il recinto, le afferrò con entrambe le zampe e le portò alle fauci. Non aveva incisivi: aveva zanne.

Mi svegliai urlando, fradicia di sudore.

7 maggio 2006, ore 08:00

«Una storia inizia sempre dal principio. Anche quando parte dalla fine, capisci? Deve esistere una struttura coerente, ogni dettaglio funge da incastro con gli altri. Allo spettatore non vengono dati gli strumenti per poter comprendere gli eventi nell'immediato; ma alla fine, senza neanche sapere come, si trova in tasca tutti i tasselli. Funziona così anche coi sogni. Non è che i conigli sono spuntati a cas...».

«Stefano, non ho bisogno di un corso accelerato di sceneggiatura. Ho bisogno di uno psichiatra».

Alice si tirò le coperte fin sopra la testa; un gesto inequivocabile di sfinimento. Stefano la raggiunse. Sotto le lenzuola bianche il blu delle pareti scintillava alle luci del mattino, come riflessi sul fondo del mare.

«Bene. Continuiamo il discorso nel sottomondo...».

«Uffa».

«Cosa pensi di fare, mia signora e padrona?».

Stefano la faceva ridere.

«...Vorrei ricordare, tutto qui. Anzi. Non ne sono nemmeno sicura...».

«Ma vuoi farlo per Pietro, vero?»

«E per Lucrezia. Per Dario. Per tutti quanti gli altri. E per non sognare più conigli».

«Da dove cominciamo?».

***

Vecchi, cani, coppiette sull'erba, gente in bicicletta, ragazzi a rincorrere frisbee e a calciare palloni. Col primo sole il parco era tutt'altro che un luogo tranquillo. Il vento faceva starnutire gli allergici e solleticava le prime braccia nude, l'aria era come neve, pollini danzanti, finta polvere sui colori accesi di maggio. Tutto era vita, ciclicità travolgente. E Alice, a un passo dal fiume proprio sotto il Ponte di Tiberio, tremava.

«Alice, che c'è?»

«Ci venivo con Lucrezia, quando finiva la scuola».

I pollini nevicavano sul fiume, pattinavano.

«Noi… noi passavamo sempre di qua… sempre. Dal centro al Pep era la strada più breve, senza traffico… La mattina mi accompagnava mia madre a scuola, prima di andare al lavoro. Lucrezia prendeva l'autobus. Ma il ritorno lo facevamo sempre insieme. Era bello passare per il parco, c'era sempre gente, non era pericoloso… e poi eravamo sempre in due».

Gli occhi presero a brillare troppo forte, Alice deglutì, il volto teso. Stefano la strinse a sé.

«Lasciale andare, quelle lacrime».

Alice pianse.

Fu quando si asciugò gli occhi e alzò la testa dalla sua spalla che Alice vide. La mente sobbalzò, un guizzo troppo veloce per poterlo afferrare: Lucrezia, anzi, l'immagine che a lei si sovrapponeva.

«Stefano!».

Stefano si voltò di scatto, Alice era pallida, gli occhi grandi. Puntava il dito su una fatiscente casa con un piccolo giardino triste che si affacciava sul fiume.

«Che c'è?»

«Là… una volta là… Cristo, Stefano… il sogno… Una volta là ci allevavano conigli…».

Marzo 1986

E giunse l'ora di dormire.

Niente *Phantom of the Opera* per quella notte. Niente di niente. Perché Denny era solo in casa. Completamente solo. E quel che è peggio, ci era abituato. Dei fantasmi aveva paura, certo. A sette anni è normale. Ma Denny aveva trovato il modo di domarli. Un modo molto, molto speciale.

...Denny è il re, lui decide, nessun fantasma appare e uccide. Denny è il capo, lui è protetto, nessun fantasma è sotto al letto...

L'Uomo dei Sogni sorvegliava che tutto fosse a posto, Denny ne era certo. Sopra quelle nuvole di ghiaccio lui poteva vedere. Poteva *prevenire*. L'aveva dipinto suo padre, è vero. Denny non amava suo padre, non lo amava proprio per niente, anzi lo odiava di un odio efferato e inconsapevole. L'aveva dipinto suo padre, ok. Ma anche Denny era un frutto del suo albero guasto. Quindi dovevano essere per forza fratelli. Perché è così che si dice quando si è fatti dallo stesso padre: fratelli.

«Buonanotte», disse Denny al fratello. E il fratello non rispose.

Denny sprofondò nel sonno. Per un tempo troppo breve.

Tic... tic... tic... Tic... tic... tic... Tic... tic... tic.

Senza sosta. Come se il bastone picchiasse sul filo del sogno, fino a logorarlo, spezzarlo.

Denny sgranò gli occhi. Buio. La serranda gettava sul muro spilli lattescenti: inchiodava il buio e allungava le ombre.

«...Chi è?», domandò Denny. Gli tremava la voce.

Tic... tic... tic... Tic... tic... tic... Tic... tic... tic.

...Denny è il re, lui decide, nessun fantasma appare e uccide...

«Denny è il capo, lui è protetto, nessun fantasma è sotto al letto!».

Non era la sua voce.

Il cuore mancò un battito. E nella stanza piombò il silenzio. Non osò domandare nulla, la voce gli si era annodata in gola. Si limitò a recitare le sue formule magiche. E recitò forte.

...È un trucco della testa, la paura è una tempesta, dormi, sogna e non pensare, i fantasmi andranno altrove, avran da fare...

Tic... tic... tic... Tic... tic... tic... Tic... tic... tic.

Denny ora aveva paura sul serio. Allungò la manina nel buio e schiacciò l'interruttore, poi si rintanò sotto le coperte.

«Chi è?!».

La luce della lampada a muro sfrattò la notte. Nella casa silenzio.

«Chi è?!», strillò ancora Denny.

La risposta gli arrivò diversa da come se la sarebbe aspettata. Perché non la sentì con le orecchie. La sentì *nella testa*. E non era la sua voce. Era quella di prima, stridula e cantilenante, impossibile sbagliare.

Perché strilli, caro? Siamo fratelli noi due, ricordi? E i bravi fratelli dormono nella stessa stanza: io il fratello lo proteggo, lo difendo e lo sorreggo, niente di triste lo può toccare, parola d'onore, potessi crepare.

Denny smise di avere paura. Riemerse adagio dalle coperte. Si guardò attorno: nessuno.

Perché ti guardi attorno? Siamo in due, ricordi? Spegni la luce e cancella il giorno.

La manina di Denny obbedì. Gli spilli di luce trafissero ancora il buio. Una scheggia di luna accese il dipinto proprio sul viso. Denny lo guardò, il quadro era solo un quadro. Niente di strano. Niente di cui avere paura.

«Dov'è papà?», chiese la voce, e questa volta Denny la sentì chiara uscire dal quadro ed echeggiare nella stanza; la cosa gli sembrò normale, plausibile, corretta.

«È fuori».

«Capita spesso vero?».

Denny annuì e abbassò il viso, provò vergogna.

«E tu ti senti solo, vero?».

Gli occhi gli bruciavano, anche lo stomaco.

«Sì».

«Tuo padre è cattivo».

Nella pancia un boato, voglia di vomitare.

«No... lui...».

«Non avere paura di dirlo, lo dico io per te: tuo padre è cattivo».

Lacrime. Denny annuì in silenzio. Il dipinto continuava.

«Dov'è la mamma?».

Denny scoppiò a piangere.

«L'ha uccisa lui, vero?»

«No! Ero io che le portavo le pillole!».

«Tu non c'entri. Tu gliele portavi perché lei te lo chiedeva, ma è stata lei a prenderne troppe. E ne ha prese troppe perché tuo padre la lasciava sola: perché tuo padre è cattivo, cattivo, cattivo!».

Il viso nel dipinto si deformò, prese vita; le fauci si spalancarono rosse nel grido. Il naso acuminato sembrava pronto a squarciare la tela. La tela tirava. Denny balzò indietro, si nascose sotto le coperte.

Denny...

Ancora la voce, ancora la voce nella testa.

Denny tu non devi avere paura di me, io sono tuo fratello e tuo amico. E tu lo sai. Facciamo un patto: noi parliamo dei segreti, tu e io, e gli altri niente, dei segreti della mente.

Denny annuì sotto le coperte.

Bravo. E adesso dormi. Io sorveglio ogni accesso, nessuno ti farà male: promesso.

Denny si addormentò. Niente sogni né colori. La cataratta del cielo nella testa.

***

Denny aveva imparato a svegliarsi da solo. Era molto importante svegliarsi, perché farsi trovare a casa sarebbe stato un problema grosso, ingestibile. Suo padre ogni tanto tornava, e quando lo faceva era marcio sul serio. Una volta aveva trovato Denny a letto, alle dieci di mattina. Non lo aveva svegliato come un papà sveglia il suo bambino, oh no. Lo aveva afferrato per un braccio e lo aveva tirato su, in piedi, con la forza di una mano mentre con l'altra lo aveva preso a schiaffi. Così lo aveva svegliato.

Era molto importante svegliarsi.

E nella testa ancora la cataratta del cielo, come un sibilo, l'ultrasuono della follia, la frequenza disturbata del reale. Denny non ricordava di avere chiacchierato con suo *fratello*. Denny si era svegliato e si sentiva semplicemente meno solo. E molto, molto stanco. Prese l'autobus come le altre mattine. Si sedette davanti come le altre mattine. E come tante altre mattine Diego lo salutò ruttandogli in faccia. Mentre la bella bambina bionda dagli occhioni celesti, come tante altre mattine, rideva di lui. Ma a differenza di tante altre mattine, Denny non si scompose, rimase placido: superficie ingannevole di un oceano terrifico.

E i bambini, si sa, quando gli scherni non sortiscono gli effetti sperati, possono diventare crudeli.

Come gli adulti nemmeno immaginano.

Diego parlò nell'orecchio di un altro bambino, quello che gli disse lo fece ridere di gusto. La sentenza era stata proclamata.

«Togli le scarpe», fece l'altro bambino a una bambina con le trecce.

«Perché?»

«Ci serve il sacchetto».

Denny dava loro la schiena, dal fondo del suo oceano non poteva udirli.

«Il sacchetto per cosa? Ho ginnastica, mi serve!».

«Fai poche storie e togli le scarpe», fece secco il bambino.

La bambina con le trecce sbuffò e obbedì. Presero il sacchetto.

Diego era grasso, tirò fuori il panino che la mamma gli preparava ogni mattina: prosciutto e formaggio. Lo addentò e lo masticò per bene, sbriciolandosi addosso e sbavandosi sulla maglietta. Ma non ingoiò. Aprì la bocca e rovesciò il cibo masticato nel sacchetto. Ci rovesciò tutto il panino.

«Bleah! Che schifo... sembra vomito vero...», sussurrò schifata Lucrezia.

«State un po' a vedere», esclamò Diego.

Camminò dentro il ventre del bus e si portò alle spalle di Denny, in silenzio e col sacchetto in mano. Poi si girò a sua volta di spalle, anzi, si girò per tre quarti, per poterlo vedere, e prese a tossire. A fare finta di tossire. E tossì fino a increspare l'oceano: Denny si voltò a guardare. E Diego tossendo gli rovesciò in faccia il contenuto del sacchetto.

Denny non vide il sacchetto: vide vomito inquinare il suo oceano. Sentì lo stomaco stringersi e dilatarsi, la bocca aprirsi e il vomito vero spaccargli la gola. Sentì gli altri ridere. Li vide ridere. Vide ridere Lucrezia. Ridere di lui.

Il primo a morire non fu Filippo.

La prima fu Lucrezia.

Perché non Diego?

Perché la bella bambina bionda con gli occhioni celesti non avrebbe mai dovuto ridere di lui. Non avrebbe dovuto.

***

Era un'ora che Denny camminava, fradicio di vomito e di orrore. Aveva abbandonato la strada, non voleva essere visto neppure dalle macchine. La febbre lo stava divorando, deambulava per il parco. Il ronzio nella testa si faceva più acuto, stridente, ininterrotto: diventava parte integrante della realtà, impossibile distinguerli.

"Cattivi cattivi cattivi, loro sono tutti cattivi".

Poi nella testa un'altra voce:

Te lo avevo detto, Denny...

La voce pungeva i pensieri, li frustava, li scorticava. La voce s'imponeva.

Te lo avevo detto, ma tu continui a difenderli...

«Io non li difendo, io non li difendo!». Il grido si disperse nel vento. Una manciata di minuti e Denny sarebbe stato a casa. Era sceso dall'autobus. Era scappato. E gli altri affacciati ai finestrini a urlargli contro.

Denny era stato spezzato. E adesso era completamente solo.

La sua casa si affacciava sul parco, molto vicina al fiume; nel giro di qualche settimana le zanzare avrebbero iniziato a farlo morire. Denny prese le chiavi sotto un vaso di gerani marciti ed entrò in casa.

Denny non passò dal bagno: andò dritto in camera. Afferrò il quadro e lo scaraventò sul letto. I piccoli occhi pazzi di bambino inchiodati a quelli dell'Uomo dei Sogni.

«Io-non-li-di-fen-doooooooooooooo!».

Il quadro non si scompose. Piatto. Bidimensionale. Quando finì il fiato Denny sentì solo la voce nella testa: *Rimettimi a posto, Denny. Affrontiamo la cosa, avanti.*

Gli occhi di Denny si appannarono, la fiamma che gli divorava il cervello bruciava nascosta, dietro la cataratta del cielo. Denny prese il quadro e fece come gli venne comandato. Poi si sedette sul bordo del letto, gli occhi inchiodati all'Uomo dei Sogni.

Se li lasci fare ti annienteranno, guardati: già lo fanno.

Denny si torturava le piccole mani, le contorceva nervose fino a rigarsele di rosso, sudava freddo.

«Io non voglio, io… io…».

«Un sistema ci sarebbe, e giuro: funzionerebbe».

Le labbra dell'Uomo si erano incrinate: aveva parlato. Ma soprattutto l'Uomo aveva alzato il bastone. Lo puntava contro Denny come il più terribile e sanguinario degli inquisitori. Aveva alzato il bastone e la tela non si era squarciata. Perché la tela non sembrava una tela, ma una porta, un antro infernale, un accesso a mondi oscuri e imperscrutabili. Denny balzò indietro, sul letto, deglutì saliva e vomito. Denny ascoltava.

«Ma perché possa funzionare ci sono alcune cose che devi imparare…».

Denny non sentiva dolore, mentre si contorceva le piccole dita fino a lussarle.

Il bastone rientrò nell'antro. Ma l'Uomo dei Sogni era tutt'altro che immobile. Il suo viso era *vivo*, viva la lingua, le dita, le spalle.

«Devi imparare a dire che gli altri sono cattivi».

Il viso di Denny ardeva come fuoco, gli si strozzò il respiro.

Crack.

Il dito medio si lussò facendolo gridare di dolore. Ma Denny, acceso di rosso, non riusciva a parlare. E non riusciva a smettere, il dito medio piegato in modo innaturale continuava a essere torturato, stretto assieme alle altre dita.

«Prova Denny, avanti: gli altri sono *cattivi*, dillo!».

Denny sentiva lo stomaco picchiare contro lo sterno, sentiva il sapore del vomito spalancare nuovamente la strada alla gola. Denny non riusciva a dirlo. Deglutì amaro. E la bocca dell'Uomo dei Sogni mostrò il suo disappunto incrinandosi crudele, le labbra si contrassero in un ringhio, mostrando incisivi marciti, canini neri, affilati.

«Guardati, sporco di vomito, tremi, te la stai facendo sotto. Fai schifo. Soltanto io ti sopporto. Soltanto io! E ti ho chiesto solo una cosa, e per il tuo bene! E tu come mi ricambi?! Vuoi che sparisca? Ma sì. Ti lascerò solo come tutti gli altri, come tua madre, tuo padre, la maestra e tutti quelli che hanno la sfortuna di incrociarti per la strada».

E si congelò, come fosse di pietra. Solo il viso era diverso da prima, il piglio crudele e severo era dipinto sulla tela come un monito: agghiacciante, austero, oppressivo.

Poi fu solo silenzio. Un silenzio tombale a grandinare dal soffitto, Denny sentiva le pareti soffocarlo, il cuore otturargli la gola. Gli occhi presero a bruciargli, lacrime come spilli.

Denny aveva paura.

Ma Denny aveva soprattutto paura di restare ancora solo. Si lasciò cadere in ginocchio dal bordo del letto, dalla bocca saliva e vomito, dagli occhi spilli. Lo stomaco scosso, i nervi piegati, il dito medio rovesciato e contratto. Denny prese a singhiozzare: muco sul pavimento. Denny gattonò fino alla scrivania, facendola sembrare un altare. Ma le parole continuavano a non uscire. Solo un pianto roco, un rantolo, un raglio.

L'Uomo dei Sogni era solo un quadro. Piatto, bidimensionale. L'aveva abbandonato anche lui. Solo. Per sempre solo. Il pensiero fratturò definitivamente la logica. E la follia spalancò la gola alla voce.

«Nooooooooooo!», gridò.

E questa volta le parole lo travolsero.

«Non lasciarmi solo! Torna! Farò il bravo! Te lo prometto! Non lasciarmi solo!».

Gli occhi dell'Uomo dei Sogni si rovesciarono in basso, a vedere il piccolo folle seguace inginocchiato all'altare. Lo guardarono con sommo disprezzo, sul suo viso nessun movimento.

«Tornaaaaaaaaaaaa! Farò quello che vuoi, promesso!».

Fu questione di un attimo.

Le mani nodose del Divoratore gli afferrarono le spalle, Denny spalancò la bocca, il viso dell'Uomo dei Sogni era contro il suo, gli occhi venati di rosso, ma neri, viscosi: paludi. Il fiato aveva il lezzo putrescente di acque stagnanti e le dita avevano la forza di mille braccia. La sua voce risuonava nel cervello, sembrava staccare gli organi ai tessuti. Era un dio. Una deità terrifica e padrona. Opporsi, impossibile.

«E allora dillo!», ringhiò.

Denny aveva gli occhi grandi, l'iride divorata dalle pupille, urlò.

«Sono cattivi, cattivi, cattivi! Sono tutti cattivi e io li odio, li odio, li odio tutti!».

L'Uomo dei Sogni allentò la presa, le labbra smisero di contrarsi e sul viso si dipinse un ghigno compiaciuto e perverso.

«Bravo Denny. Ora io e te possiamo giocare. Ma io ti

avevo soltanto chiesto di dire che gli altri sono cattivi, invece tu hai aggiunto che li odi, li odi, li odi tutti».

Silenzio.

«...i... io non volevo dire che...».

«Shhhhh!», lo zittì l'Uomo dei Sogni. E Denny chinò la testa come fanno i cani quando annusano l'odore della frusta.

«Non è bello che Denny odi tutti, se Denny odia tutti Denny non sarà più un *bravo* bambino, e noi non vogliamo che questo succeda, vero?», disse l'Uomo dei Sogni mentre sollevava con la mano destra il viso lurido del bambino. Denny tirò su col naso facendo rumore, scosse la testa febbrile. L'Uomo dei Sogni gliela tenne fra le mani, obbligandolo a guardarlo negli occhi melmosi.

«Posso odiare io per te, vuoi?».

Gli occhi di Denny brillarono, grandi.

«Posso farlo davvero, lo faccio per te, perché ti voglio bene. Tu però devi lasciarmi fare, vuoi?».

Sulle guance di Denny scesero lacrime, questa volta senza far male. Annuì senza riuscire a smettere. E per la prima volta riuscì a farsi strada quella magica parola, senza che il pronunciarla gli deformasse il volto.

«...Grazie...».

«Siamo fratelli, ricordi?».

L'Uomo dei Sogni poggiò il piede sinistro sulla scrivania. E poi il destro. La stanza si riempì di un pungente odore di colori a olio. Si passò le mani nodose sull'abito liso e sudicio, nell'aria fu polvere. E nella stanza freddo, un freddo artico, anormale, avvilente. Balzò giù dalla scrivania e tirò su per un braccio Denny, lo voleva in piedi dinanzi a lui. E Denny lo guardò, paralizzato dallo stupore, guardò il suo idolo, il suo dio incarnato, il suo vendicatore: suo fratello.

L'Uomo dei Sogni gli tese la mano.

«È il nostro patto e il nostro segreto».

Denny gli strinse la mano gelida e dura. Di fianco a loro la tela: solo cielo, nubi gonfie di terrore in un livido inferno. Sospese, immobili, feroci.

Capitolo sette

7 maggio 2006, ore 13:00

Il recinto era divorato dalla ruggine, le mani di Alice vi scorrevano sopra piano, senza fare pressione: tremavano.

«Lei... io... davamo i fili d'erba ai conigli... loro si avvicinavano, premevano i musi contro la rete...».

Stefano non cercava più di sdrammatizzare, cercava di capire. Il cervello e il cuore di Alice avevano vomitato fuori una matassa scura, indecifrabile, inquietante. Cercava di capire. E l'unica strada era trovare buone domande.

«Alice... i conigli sono animaletti simpatici... ma tu li hai sognati neri, capisci? Cannibali...».

Un brivido uncinato le percorse la schiena. Poi tutto fu immagini, flash in successione, fotogrammi impazziti incollati male: il volto di Lucrezia – Lucrezia sorride – un filo d'erba – un filo d'erba per i conigli bianchi – per quelli maculati – per quelli color terra – la mia manina fra il ferro del recinto – la mia mano in quella di Lucrezia – le risate: argentine. Poi un'ombra – non alle spalle, no: un'ombra negli occhi di Lucrezia, sì – Un'ombra – Un'ombra a cancellare il sorriso, nube a oscurare il sole – Nube a cancellare il giorno – Notte, sì, notte tetra – Un'ombra e la bocca si piega – la mia? Di Lucrezia? No – Sì – Bocche – Due – Una di Lucrezia – E l'altra? La mia, certo, la mia bocca, perché la mia e quella di Lucrezia fanno due bocche – Uno più uno

– Il risultato della somma è due – Allora tre – Tre bocche – La mia, quella di Lucrezia, e l'altra? Quattro... Quattro visi – Dove? Il primo e il secondo davanti al recinto – il primo e il secondo: io e Lucrezia – Il terzo: cannibale – Chi? E il quarto? Lontano, il quarto è un punto, un puntino – Dove?! Dov'è il quarto?!

Alice si voltò di scatto, trasfigurata in volto. Si voltò di scatto e la indicò, come pochi minuti prima col recinto dei conigli. La casa era là: speculare, fatiscente, piccola. Un buco di culo di casa fra gli alberi. Casa di topi, di uova di insetti, di ragni, di bisce. Casa che si ergeva dall'altro lato del parco, casa con finestra, finestra che vede, che si affaccia, che scruta. La finestra era una bocca vuota. Ma era piena, oh, sì, era piena! Alice sibilò, sibilò da far paura, uno straccio stinto per volto.

«Denny... Denny Possenti...».

Marzo 1986

Quando Lucrezia vide i conigli

L'Uomo dei Sogni era il padrone, il padrone della stanza. L'Uomo dei Sogni era il fratello maggiore.

«Voglio che tu mi dica cos'hai visto nello specchio della scuola».

Denny abbassò il viso lercio: vergogna.

«Denny, io lo so che tu hai visto *cose* nello specchio della scuola...».

Denny prese a dondolare, questa volta le mani torturavano le orecchie, dove risiedeva la frequenza disturbata del reale.

«Denny… hai visto forse un viso?».

Silenzio. Singhiozzi.

«Denny… Hai visto forse un viso… morto?».

Denny trasalì. Non poté fare a meno di alzare gli occhi, l'Uomo dei Sogni non era arrabbiato, anzi, gli sorrideva complice. Denny si sforzò di ricambiare, gli angoli della bocca si tirarono in una smorfia informe: patetico.

L'Uomo dei Sogni si avvicinò alla finestra, tirò le serrande: giorno. Luce accecante. Quanto tempo era passato? Denny non aveva dormito. Denny non era andato a scuola.

Denny aveva perso il senno.

«Questa è una bella posizione, Denny. Non trovi? Fossi

stato in te ci sarei andato più spesso a piedi, in quel cesso di scuola. E molto meno con quello scuolabus di merda, lo sai Denny? Ma io non sono te, non è vero?»

«...Tu non sei me...».

«No. Infatti. Vieni qui».

Denny avanzò senza una propria volontà, come un automa. Senza occhi e senza cuore.

L'Uomo dei Sogni spalancò la finestra.

«Cosa vedi laggiù?».

Gli occhi di Denny planarono sul parco, poi videro. Le pupille si accesero d'odio, impazzite, dilagarono nell'iride fino a sommergerla.

Gli occhi di Denny videro, il cuore si chiuse, e precipitarono rapaci sul corpo di Lucrezia.

«Respira Denny, respira. Non è il caso di perdere la calma. Non è mai il caso».

Denny non riusciva a distogliere lo sguardo. Lucrezia era laggiù, era lei, ne era certo: zero possibilità di errore. A oltre cento metri di distanza gli undici decimi di Denny la riconobbero e la trafissero.

«Lo sai che voglio che tu lo dica...».

La testa di Denny tremava, nella sua testa lo sgambetto, il vomito, le risate, la maestra, Lucrezia che risponde: è caduto da solo, sì. È caduto da solo.

La lingua di Denny si sciolse.

«Lei ride di me, ride sempre di me».

«Se vuoi la uccido».

Denny si scosse, distolse lo sguardo dalla preda, guardò suo fratello. Denny era confuso.

Denny aveva paura.

«...Co... come fai?»

«Fidati. E guarda».

Lucrezia solleticò le narici del coniglietto con un filo d'erba. Lucrezia rideva. Alice guardò il sole.

«Mi sa che dobbiamo andare».

«Uffa. Dài, ancora due minuti, hai visto che buffo?».

Tic... Tic... Tic...

Lo sguardo di Alice precipitò dal sole: vide un uomo senza tempo, vestito di sporco, con uno strano cappello nero e un superbo bastone.

«Ciao, care...».

Freddo. Alice sentì freddo. Si guardò attorno: nessuno. Anzi sì, qualcuno. Qualcuno alla finestra. Un puntino: Denny... Denny Possenti.

«...Ciao...», sussurrò Alice.

Lucrezia si girò. Le cadde il filo d'erba dalle dita: l'uomo aveva i denti marci.

«Sapete chi sono, care?».

Scossero la testa.

L'uomo aveva gli occhi morti.

«Allora forse saprete chi è Denny...».

Alice alzò incerta il dito: indicò il puntino.

Ma il puntino si ritrasse. Il puntino tremava, delirava. Il puntino soffriva. E bramava.

«Brava Alice, quello laggiù è proprio Denny... e Denny è molto, molto triste. E molto mooooolto arrabbiato. Denny è venuto a piangere da me perché gli avete fatto del male, è vero? In qualità di suo fratello maggiore, ho il diritto di vendicarlo, non trovate?».

Inclinò il capo e guardò Lucrezia di sbieco, cattivo. Dalle labbra bava bianco sporco, quasi rosa. Lucrezia si mise a piangere.

«Ci lasci tornare a casa, signore...».

Chiese Alice con le labbra tremanti e gli occhi lucidi.

«Certo che vi faccio tornare a casa, nella casa primordiale, mie care... nella casa del padre, perché io sono il figlio...».

7 maggio 2006, ore 13:15

«E poi non ricordo altro, davvero».

Le faceva male la testa, ma là dentro il processo si era avviato: un'eruzione incontrollata di ricordi.

«È già emerso tantissimo, Alice. Stai andando forte, davvero», la incoraggiò Stefano.

«Anche troppo. Se continuo così penso che impazzirò. E poi no... oltre non credo di potere andare, io non ci voglio proprio andare oltre».

Le faceva orrore. Le faceva orrore persino sognare. Le aveva sognate, no? Le tre gemelle siamesi. Gliel'avevano chiesto, no? Conosci Denny? Denny Possenti? E lei ci avrebbe giurato: non lo conosceva, assolutamente. Ma loro avevano insistito: lui sa disegnare, oh, se sa disegnare! Così avevano detto. E nella realtà Pietro lo aveva disegnato, il vecchio. Eccome. Alice lo aveva visto quel disegno. Le bastava vederlo con gli occhi della mente per vacillare dentro.

«Alice... vuoi che andiamo alla polizia?»

«No!».

«Ok, ok... stai calma. È che, voglio dire... da quello che ricordi, è stato il fratello di quel tuo compagno di scuola, di...».

«Di Denny».

«Sì, di Denny».

«Devo trovarlo».
«Ma, Alice...».
«Lui ha visto, lui c'era... Non ti sto dicendo che voglio parlargli. Ti sto dicendo che voglio trovarlo... Devo saperne di più».
Alice prese a camminare. Stefano la fermò prendendola per un braccio.
«Aspetta! Come credi di fare, eh?»
«Mi verrà in mente, il tragitto fino alla macchina è ancora lungo».
Sorrisero. Stefano di Alice amava il pacchetto completo, impulsività inclusa.
«Alice, ascolta, ti ricordi Marzia?».
Alice strattonò via il braccio dalla mano di Stefano.
«Certo che me la ricordo. La tua ex più brutta».
Stefano si massaggiò la base del naso, non doveva cedere alle sue provocazioni.
«Alice... Marzia è maresciallo...».
«Piacere. Io sono Alice l'educatrice. Altro?»
«Sì, Alice. Se in quella tua splendida testa facessi girare i criceti nelle rotelle, ti porterebbero a brillanti associazioni...».
Alice li fece girare, gli occhi le si fecero grandi: l'associazione era arrivata. Poi si strinsero all'improvviso: l'associazione era stata scartata.
«Chiedere aiuto a quella, mai!».

***

L'ufficio di Marzia era decisamente lugubre. Non che Alice si aspettasse di trovare i fiori alle finestre o chissà cos'altro... o forse sì. Forse proprio perché Marzia era in realtà una gran bella donna. Non c'era niente di sano o coerente in quel ragionamento, Alice lo sapeva. È che vivere tante ore nello stesso posto senza cercare di abbellirlo un po', lo trovava veramente avvilente. E poi, insomma, Marzia era proprio *donna*. Alice cercò di immaginarsela seduta sul water, concentrata a spingere, con maschera antirughe sulla faccia e con addosso una maglietta della salute accoppiamento repellente. Non ci riuscì. La maschera antirughe c'era, ma quella sotto – lo sapeva con certezza – era la sua faccia. Accidenti.

«Marzia, lei è Alice...».

Stefano continuava a grattarsi la nuca. E non le guardava negli occhi. Marzia, dall'alto del suo metro e settantacinque, la degnò di un civile cenno di riconoscimento. Poi si sedette sulla sua sedia color tristezza.

«Sì. Ci siamo già conosciute».

«Già», fece Alice.

«...».

«Sedetevi».

Si sedettero.

«A cosa devo la visita?»

«Ecco, lei...».

E Alice si ricordò a cosa doveva la visita.

«Racconto io, Stefano».

E parlò a fiume. Marzia ascoltò quel nano che le aveva soffiato il ragazzo parlare, e scoprì che quel racconto non era nemmeno palloso. In compenso le trovò dei baffetti sulle labbra, biondi, certo, ma sempre baffetti. Notò le sopracciglia *homemade*, i capelli molto *nature*, i vestiti troppo *casual* e si ricordò che Stefano non era un ragazzo raffinato. Anzi. Era proprio selvatico. Si ricordò che lo aveva amato anche per quello. Fu a quel punto che notò il seno di Alice, lievemente cadente.

Poi Alice parlò di omicidi.

E Marzia la vide davvero per la prima volta.

«Senti Alice, se tu mi parli di queste cose, con tutto quello che sta capitando, io non posso semplicemente darti una mano; io devo fare partire un casino. Capisci?»

«Certo che *capisco*. Ti chiedo solo di verificare: dov'è il fratello di Denny? Dov'è Denny?»

«Non posso. O meglio, posso, ma non posso riferirlo a te».

«Certo. A me no. Mi sembra ovvio, magari vi lascio soli cinque minuti così puoi trovare il modo di riferirlo a lui».

Mayday mayday.

«Ragazze, sentite, forse potremmo…».

Le ragazze si girarono verso di lui con sguardi di fiamma. Due erano decisamente troppe da gestire. Tuttavia si erano interrotte e lui doveva, aveva proprio l'obbligo, di finire la frase.

«Mi rendo conto che la posizione di entrambe è delicata, ma forse potrebbe esserci un compromesso. Facciamo una cosa: Marzia, tu avresti la possibilità di scoprire dov'è il fratello di Denny?»

«Certo».

«Ecco, e quella sarebbe un'informazione riservata. Ma tu avresti anche la possibilità di sapere dov'è oggi Denny, giusto?»

«Chiaro, Stefano».

Era feroce. Stefano lo sapeva. Era ora di stringere.

«Nel qual caso ce lo potresti comunicare; voglio dire, Alice era una sua vecchia compagna di classe, sapere dove abita una persona non è quel genere di informazione che considero riserv…».

«Che tu forse non consideri tale, ma che lo è».

«È inutile. Io me ne vado».

Alice scattò in piedi.

«Va bene Alice, aspettami fuori, ok?».

Lo guardò come si guarda un comico dopo che ha recitato la barzelletta più brutta della sua carriera.

«Stai scherzando?»
«No. Arrivo subito. Fidati, ok?».
Alice uscì. Senza salutare.
«Simpatica», fece Marzia.
«Marzia ascoltami, sono preoccupato davvero. Non ho mai visto Alice così…».
E le raccontò i fatti. Gli incubi e tutto il resto.
«Credo che se Alice potesse incontrare Denny Possenti, se tu gliene offrissi la possibilità, credo davvero che questo la aiuterebbe a ricomporre i tasselli del suo passato. E credo che in qualche modo potrebbe aiutare anche le indagini. Nessuno saprà che ci hai aiutato. Ti prego».
Marzia volò con lo sguardo fuori dalla finestra, sbuffò. E controvoglia tornò a guardare Stefano negli occhi.
«Se ne fai parola a qualcuno, saprò come usare la pistola d'ordinanza».
«Grazie Marzia, sei un'amica».
«Vaffanculo».
Pessima scelta di parole. Stefano si sentì idiota, ma lo scopo era stato raggiunto. Si salutarono con un tiepido bacio sulla guancia. E raggiunse Alice in corridoio, seduta e mogia.
«È fatta, Alice, ce lo dirà».
«E tu in cambio che cosa le dai?»
«Una cordiale stretta di mano e un senso di gratitudine pura. Può andarti bene?»
«A parte la stretta di mano, direi di sì».
«Affare fatto allora?»
«Affare fatto».
Fuori era sera.

***

La mattina il cellulare di Stefano squillò.

«Marzia…».
«Ciao Stefano. Ho entrambe le informazioni».
«Entrambe?»
«Denny Possenti è ricoverato da più di dieci anni nell'ospedale psichiatrico giudiziario di Reggio Emilia».
«…Ma…».
«E non ha fratelli».
«…».
«Essendo lì dentro da tutti questi anni non ha possibilità alcuna di essere coinvolto negli ultimi omicidi. Riguardo ad Alice, mi dispiace. Forse può comunque provare a incontrarlo, magari le sarà di qualche aiuto per la memoria, ok?»
«Ok, certo. Grazie mille Marzia, davvero. Anche a nome di Ali…».
Marzia aveva chiuso. Non restava che fare una seconda telefonata. All'ospedale psichiatrico giudiziario di Reggio Emilia.
La conversazione non fu brillante. Un tipo con la voce di Yoghi l'Orso gli disse che non sarebbe stato così semplice, che c'erano alcuni moduli da compilare, che anche via fax sarebbe andato bene, certo. Anche i documenti servivano, sempre via fax, naturale. Nel giro di qualche giorno gli avrebbero fatto sapere se la domanda era stata accettata, ma prima la documentazione, altrimenti non poteva partire nulla. E comunque le visite erano brevi, sempre che i pazienti avessero accettato di essere visitati, s'intende. Quanto? Un quarto d'ora, al massimo venti minuti. Tutto chiaro? Sì? Buona giornata allora. Arrivederci.
Arrivederci.
Era il momento di effettuare la terza telefonata: Alice.

***

Reggio Emilia era un paese per vecchi. E pensare che Gianni Rodari le sue rivoluzioni le aveva fatte lì. Alice lo aveva studiato. Eppure, da allora, non doveva essere capitato granché. O forse era il suo umore che gliela faceva vedere così.

Denny Possenti... Che faccia avrebbe avuto? Si sarebbero riconosciuti? Perché era lì? Ma soprattutto perché era lì da così tanti anni?

Quelle erano le domande che le scorrevano in superficie. Ma sotto, sotto l'epidermide dei pensieri, sciabordavano spilli: il fratello di Denny, o chiunque fosse quell'uomo, dov'è?

***

Denny era nella sua stanza. *Doveva* essere Denny.

«Denny Possenti?», aveva chiesto loro l'infermiera. E loro avevano risposto di sì. Cercavano proprio Denny Possenti.

«Poverino», disse l'infermiera. «Lo hanno portato in brefotrofio dopo la scomparsa di suo padre. E gli era morta pure la madre, poveraccio. Poi è scappato, rubava per vivere, ma parlava da solo. Non ha mai alzato un dito contro nessuno».

Proprio così disse l'infermiera: mai un dito contro nessuno.

Ed era vero. Diabolicamente vero.

Mai un dito.

Denny scagliava contro la gente legioni di demoni.

Ma mai un dito. Contro nessuno.

«Lei era in classe con lui?», chiese l'infermiera. Alice annuì mentre camminavano lungo il corridoio verde malattia, senza finestre. Dalle porte lamenti, bisbigli, un luogo dove le ferite mentali suppuravano scivolando fra gli interstizi, fra gli stipiti, di cervello in cervello, fino a divorare la logica.

«Non so se vorrà parlarvi, dubito persino che vi riconoscerà, non ha mai ricevuto visite. E poi lui non parla come la gente normale, sembra sempre che reciti filastrocche, per lo più senza senso». E aprì la porta.

«Buon mattino, Denny. Hai visto? Abbiamo visite oggi!».

Denny non si girò.

«Ora vado, ma lascio la porta socchiusa, se avete bisogno non avete che da chiamare. Non potrete stare più di venti minuti, mi raccomando».

Ne bastarono dieci.

«...Denny...», biascicò Alice, la lingua sembrava esserle diventata di pietra.

Denny, ancora, non si girava. Il suo profilo era grottesco, primitivo. I capelli incolti gli partivano da sopra il cranio, il resto era completamente glabro. Come se avesse avuto una fronte inumana, deserta, radioattiva. Era vestito con una tuta semplice, sciatta. Guardava fuori dalla finestra.

«Denny, noi...».

Denny si girò. La voce le si strozzò in gola. Quel vecchio non poteva avere ventisette anni. Nemmeno per scherzo. Gli occhi infossati, spenti, allucinati. La pelle vecchia e sgualcita aderiva male a quel teschio irregolare e smunto.

Però era Denny. Alice ne era certa. Era la faccia di Denny sopravvissuta all'atomica della vita.

«Denny... ti ricordi di me?».

Denny la guardò. Senza vederla. Poi un'onda anomala solcò il suo viso, lo accese, lo deformò come fa l'acqua con le immagini, lo deturpò. Le labbra si spalancarono in uno squittio acuto, nell'ultrasuono del dolore, e gli occhi si spalancarono grandi, sanguigni. Malati.

Stefano si parò davanti ad Alice, per proteggerla. Ma Denny non si alzò. E smise di squittire. Prese a torturasi le mani; fu allora che Alice le vide. Le dita pendevano flosce e nervose al tempo stesso, Denny le sapeva piegare tutte oltre il limite consentito, erano livide, tumefatte, incapaci di afferrare: stracci di carne e sangue attaccati ai polsi.

«Denny, non voglio farti male io…».

Denny si mise a ridere, e la sua risata echeggiò nella stanza come un latrato secco, perverso.

«Noi ci ricordiamo di te. Tu ci passavi il quaderno, non ci soffocavi con lo scherno, Lui ti ha risparmiata, ma Lucrezia l'ha ammazzata!».

Stefano non capiva, sentiva dolore ai lombi: orrore. Alice prese a tremare, sentì le gambe farsi deboli, ma restò aggrappata alla sua logica. Non era Denny il mostro, e lei doveva sapere.

«*Lui* chi? Denny. Lui chi?!».

Denny appoggiò gli stracci sanguinolenti sui braccioli della sedia. Si alzò.

«Infermiera!», gridò Stefano affacciandosi al corridoio; il sudore sulla fronte.

«Lui è Lui. E Lui soltanto. Dove passa orrore e pianto».

Alice indietreggiò di un passo e toccò il muro con le spalle. Ingoiò saliva collosa, deglutì il suo stesso cuore. Doveva sapere.

«Denny, devi dirmi il suo nome, sono morti quattro bambini!».

«Ahhhhhhhhhhh!».

Denny si portò gli stracci al viso: unghie lerce a graffiare le carni. La faccia di Denny divenne polpa da macello, tagliata male. Denny strepitava, volteggiava impazzito.

«Allora è tornato! È tutto vero! Lui esiste, lui è tornato! Lui che non muore e non è mai nato!».

Denny si scagliò contro Alice. Stefano gli fu addosso, lo afferrò per le spalle. Ma Denny lo spinse via come un moscerino.

«Io non volli, non volli mai, lui è forte, lui decise, lui scelse, andò e uccise!».

Alice piangeva, lacrime bollenti le ustionavano le guance, guardare Denny le faceva male. Non abitava l'umano in quegli occhi, c'era solo melma, buio e violenza. A scavare sotterranea e tumorale.

«Dimmi chi è, Denny, ti prego. Dimmi dov'è!».

Gli stracci sanguinolenti le si posarono sulle spalle, la scossero. Il suo fiato le contorse lo stomaco.

«Lui è là, ci vive intorno, ma la notte fa ritorno! Nella casa lungo il fiume, non c'è vita e non c'è lume, ma c'è un cielo appeso al muro, lui ti guarda a muso duro. Non guardarlo, non cercarlo. Se ti vede tu gli credi! Se gli credi lui ti vede!».

Arrivarono le infermiere, gli affondarono la siringa nel braccio. Cadde a terra come un bisonte. Gli occhi sbarrati.

Capitolo otto

9 maggio 2006, ore 06:00

Il Divoratore

Ci avevano pensato. Le sei di mattina era l'orario perfetto. Niente gente scomoda in giro. Quelli che girano in un parco alle sei di mattina o sono fuori di testa o sono tutti presi a rassodarsi il culo correndo come pazzi, con le cuffie dell'iPod infilate nelle orecchie. Poi esiste una terza categoria: i tormentati. Quelli di rogne non te ne danno di certo. Neanche se ti vedessero forzare il portone di una casa fatiscente.

Stefano armeggiava con un cacciavite, lo aveva infilato nella fessura scheggiata della porta.

«Datemi una leva e solleverò il mondo un cazzo...».

Quel legno sembrava friabile: invece era fossile. Alice osservava il perimetro della casa, lunga circa una trentina di metri, l'edera ne divorava l'epidermide, a terra una fossa comune di calcinacci grigi. Qualcuno aveva spaccato i vetri alle finestre: sembravano ringhiare a denti scheggiati. Passare da lì era escluso.

Alice provò a girare intorno alla casa: inutile. Il retro era attaccato al recinto che la separava da una stradina in cemento, l'unico accesso asfaltato. Tra il recinto e la casa c'erano almeno due metri, è vero. Ma le erbacce avevano edificato il loro regno: alte, incolte, di un verde cupo. Il vento fresco del mattino vi passava attraverso, ma non c'era bellezza. Non era come quando il vento pettina gli steli e li fa brillare, e sembra che il mare possa essere asciutto e verde. No. Sembrava piuttosto che l'erba fosse mossa dal preciso intento di divorare la casa: di raggiungerne l'interno.

Qualcosa strisciò fra l'erba. Alice ne vide la coda, lucida e nera: una biscia. Sentì i pori sollevarsi al vento, tornò da Stefano, sentiva freddo. Stefano aveva cambiato cacciavite, si stava concentrando sui cardini, ma svitarli era impossibile. La ruggine li aveva deformati come cera liquida.

«È inutile», sentenziò Stefano. Poi si guardò intorno: nessuno. Un sorriso gli dipinse il volto, un sorriso da bambino delinquente, da furfante.

«Però una soluzione ci sarebbe… e l'ho sempre sognata».

Ancora una falcata di sguardo intorno: sempre nessuno. L'oscurità del primo mattino era una complice fidata. Stefano sferrò un calcio vigoroso proprio di fianco al pomo, per impedire, nel caso il legno avesse ceduto, che la sua gamba si lacerasse fra le schegge. Piovvero calcinacci, gli stipiti stridettero. Ma la porta resisteva.

«Proviamo in due, ok?», propose Alice.

«Sei meravigliosa, lo sai? Al mio tre». Stefano le strizzò l'occhio. Poi prese a contare.

«Uno… due… e tre!».

Caricarono di spalla, gli stipiti urlarono, la serratura cedette. La porta si spalancò sollevando una danza infernale di polvere lurida che li fece tossire. Sbatté contro il muro interno facendo piovere dal soffitto altro schifo. Poi tornò indietro ruotando sugli stipiti. La mano di Stefano la fermò. Lui e Alice restarono fermi, immobili. Non restava che entrare.

Un topo grosso quanto un gatto uscì dal buio polveroso, sfrecciò fuori passando in mezzo a loro. Urlarono entrambi. Ma soprattutto non riuscivano a fermare il brivido che correva lungo le loro schiene. Sembrava bagnato.

«Merda, Alice. Hai visto che bestia?! Guarda che quello

avrà i fratelli là dentro, e pure i cugini, gli zii, magari era il piccolo della famiglia. Cazzo!».

Alice non riusciva a parlare. Si era semplicemente congelata sulla soglia. Stefano prese a saltellare sul posto, come un pugile ubriaco; si stava scrollando di dosso quel brivido. Poi camminò deciso verso il retro della casa.

«Dove vai?!». Alice gli corse dietro. La porta rimase spalancata, tutto era immobile, muto. Come una pianta carnivora.

«Sto cercando un bastone, Alice, qualcosa che gli assomigli. Così almeno, se ci salta addosso la sua famiglia, posso giocarci a baseball, che ne dici?».

Ancora il brivido. Intorno a loro solo erbacce e alberi vivi, fioriti. Nell'oscurità i fiori erano neri.

«Stefano! Qua!».

Dal recinto sporgeva un ramo dal diametro imponente, da cui partiva un'infinita prole di rami più piccoli, robusti. I giardinieri erano passati, e con lo stesso criterio di un cecchino avevano falciato via qualunque cosa che dal parco osasse sporgersi sulla strada.

«E brava Alice».

Stefano lo afferrò, l'erba lo tratteneva, ostile. Uno strattone ed ebbe la meglio. Con i piedi spaccò i rami più giovani, scelse quello più solido, lo brandì in aria. Uno sguardo risoluto negli occhi.

«Andiamo».

E furono ancora sull'uscio. La stessa immobilità di prima. Solo la polvere continuava a danzare, pareva solida; strati su strati scivolavano gli uni sugli altri.

La casa sembrava deserta.

Stefano entrò. Con un unico passo. La visuale cambiò totalmente. Ora era dentro. Un corridoio, largo quasi tre metri: a terra lo schifo, vestiti, cartacce, luridi stracci intrisi di tutto, e poi scarafaggi, formiche, tubetti strizzati di colori a olio…

«Vieni. È tutto a posto».

"Tutto a posto…".

Alice entrò.

«Tutto questo è molto eccitante, ma io non credo che troveremo molto, anzi, per la verità non so nemmeno cosa stiamo cercando…», disse Stefano con voce roca, riflessiva, mentre si inoltrava nel corridoio.

«Nella casa lungo il fiume, non c'è vita e non c'è lume, ma c'è un cielo appeso al muro, lui ti guarda a muso duro. Non guardarlo, non cercarlo. Se ti vede tu gli credi! Se gli credi lui ti vede…», sussurrò Alice.

Stefano si voltò.

«Complimenti per la memoria».

«Mi si è incisa nel cervello, Stefano. E la cosa, credimi, non è piacevole. Finché non ne verrò a capo, almeno».

La cucina. Sul tavolo resti marciti e insetti a pasteggiare. Un lavabo stracolmo di tutto. Ragnatele al soffitto. E un'unica finestra ringhiante.

«Non c'è niente qui».

Stefano imboccò nuovamente il corridoio. Un'altra porta, questa volta semichiusa. Stefano la spinse, nemmeno un cigolio. La casa era muta: un predatore pronto ad azzannare gole. Dentro, un letto matrimoniale sfatto, lercio.

«La camera da letto dei genitori di Denny…», sussurrò Alice.

Rumore di cocci calpestati.

«Cazzo, ma è pieno di vetri qui… stai attenta».

Quella puttana di tua madre non ci romperà più il cazzo con le sue stramaledette pillole… se n'è ingoiata un vasetto, la vacca… Dennyyyyy!

Crash. Era la bottiglia di Rye whiskey fracassata contro il muro. Nessuno aveva pulito. Nessuno. Da allora.

«C'è puzza qui».

«Alcol, piscio e... cos'è quest'altro odore, lo senti?», chiese Stefano.

«Colori a olio», rispose pronta Alice. Dipingere le piaceva. Una vita fa, almeno.

Stefano imboccò nuovamente il corridoio. Sulla sinistra un bagno, un vero e proprio cesso: non entrarono. In fondo c'era un'ultima porta, molto più interessante, chiusa.

Stefano poggiò la mano sulla maniglia.

«Aspetta», Alice gliela tolse.

«Che c'è?»

«Non lo so è che... questa stanza può essere solo... la stanza di Denny...».

Stefano le lasciò il passo. Alice annuì. La sua mano strinse la maniglia: abbassò e spinse.

Non poteva essere stata la stanza di un bambino di sette anni. Non poteva. Il letto era sporco. E non era stato il tempo. Non ci aveva dormito *nessuno* lì dentro. Non c'era più entrato nessuno. E quel letto faceva schifo. Un'enorme chiazza gialla sul materasso nudo. A terra nessun giocattolo, nessun colore. Ai muri niente, non un disegno, un poster.

Un quadro.

«Alice...».

Stefano indicò la scrivania spoglia. Sopra c'era un quadro. E non era un quadro adatto a un bambino di sette anni. Non lo era davvero. Solo cielo. Nero. Carico di nubi gravide. E niente altro.

«...C'è un cielo appeso al muro, lui ti guarda a muso duro. Non guardarlo, non cercarlo. Se ti vede tu gli credi! Se gli credi lui ti vede...».

Stefano si mise a ridere.

«Cazzo, quello è proprio fuori di testa. Se siamo venuti qui per questo…».

Ma Alice piangeva.

«Che ti prende?».

Stefano le si avvicinò cancellandosi il sorriso dal volto.

«Lo prendevamo in giro tutti… guarda come viveva…».

«Vieni, andiamo via. Non c'è niente da trovare qua».

Un fruscio. Stefano serrò il bastone.

«Cos'è?». Alice lo sentiva ancora: il brivido.

«Shhh…». Stefano si guardò intorno. La casa era tornata muta.

«Non è niente, andiamo». Le cinse le spalle e camminarono verso la porta.

Alice urlò.

Era nero come l'inferno, bloccava loro l'uscita: un topo di fogna, pelo ispido e bagnato, incisivi roditori bene in mostra, come in un ringhio.

Il fratello maggiore dell'altro.

I ratti mordono. I ratti infettano. I ratti aggrediscono.

I due ragazzi rimasero immobili, gli occhi sbarrati. Il topo scattò in avanti. E Stefano non usò il bastone. Stefano calciò. Con tutta la forza che aveva in corpo. Il rumore fu quello di una melagrana matura brutalmente scagliata contro pareti di cemento. Il ratto si sfracellò contro lo spigolo, si ruppe, esplose. Interiora calde e appestanti, e uno sputo di cervello.

Lo stivale era lordo. Stefano tremò disgustato. Alice blindò lo stomaco.

«Andiamo, ti prego».

Percorsero a passo spedito il corridoio. La casa li osservò muta.

E nulla successe.

9 maggio 2006, ore 12:00

Ospedale Villa Maria di Rimini

Pietro disegnava. Nella stanza d'ospedale, al suo fianco, la signora Monti guardava la televisione. La *speaker* parlava con enfasi retorica, grottesca: «Gli inquirenti hanno riscontrato sull'erba evidenti segni di lotta, ma non sono state rinvenute tracce di sangue, né di liquidi organici. Tutto farebbe supporre un rapimento. I vestiti del piccolo Dario Mon…».

La signora Monti cambiò bruscamente canale.

9 maggio 2006, ore 12:01

Ospedale psichiatrico giudiziario di Reggio Emilia

«...sono stati rinvenuti sulle sponde del Marecchia, poche ore dopo la sua scomparsa. Le speranze di ritrovare il piccolo Dario vivo sfumano di ora in ora. Filippo Succi, Luca Amadori, Francesco Zangoli e Dario Monti sembrerebbero le giovani e innocenti vittime di qualche spietato maniaco che continuerebbe ad aggirarsi a piede libero, e quel che è peggio, senza lasciare tracce. Attualmente, l'unico testimone oculare sembra essere il fratello del piccolo Dario, un ragazzino autistico e in evidente stato di shock...».

Denny iniziò a urlare.

Era seduto come tutti gli altri al lungo tavolo rettangolare del refettorio.

I degenti si voltarono a guardarlo, qualcuno prese a ridere, altri ad agitarsi picchiando le mani sul tavolo, altri ancora si limitarono a sgranare gli occhi e a cercare quelli degli infermieri. A quell'ora ce n'erano quattro in servizio: Franco, detto "il Morto", perché quando fissava qualcosa sembrava morto davvero, non muoveva nemmeno le palpebre, senza la divisa da infermiere sarebbe passato per un paziente, uno di quelli da curare per bene. Poi c'era Rosa, soprannominata "la Chiatta", e questo non è un soprannome che ha bisogno di approfondimenti; la Chiatta lavorava sempre culo e camicia con Cristina, detta "Miss Porno"; qualcuno sparse la voce che la povera Miss Porno era piombata una notte al pronto soccorso con un barboncino incastrato dove non batte il sole, ma non ci furono prove. Da quel giorno però fu per tutti Miss Porno. L'ultimo della cricca degli infermieri in servizio a quell'ora si chiamava Sergio, detto "il Santo". Era l'unico che non si lamentava mai e lavorava per tutti; insomma, il coglione del gruppo. Naturalmente, nessuno dei fantastici quattro sospettava l'esistenza di questi soprannomi.

A ogni modo, Denny urlava. E sbatteva i suoi stracci sanguinolenti sul tavolo.

Ciò che più impressionava era la sua bocca: spalancata come quella dei neonati quando gridano. Quando chiedono aiuto. Sulla faccia di un adulto una bocca così fa paura. Quello è un pianto inconsolabile. Che nessuno può curare.

Soprattutto, Denny non aveva mai fatto nulla di simile; per la maggior parte del tempo si limitava a esistere nel suo modo catatonico e assente, guardava fuori dalla finestra, si torturava le mani, parlava da solo. Sempre in rima. Gli altri lo lasciavano stare. E lui lasciava stare gli altri. Fine della storia.

Ma quel giorno Denny aveva spalancato la bocca come un neonato. E niente sarebbe più stato come prima. Aveva mostrato angoscia e terrore, e angoscia e terrore si erano impressi sulle retine di tutti i degenti e in quelle degli infermieri. Denny aveva alzato il sipario sulla commedia della sua vita. E là dietro c'era solo sangue e caos, orrore e impotenza.

Ma non si limitò a quello. Indicò il televisore. Nelle orecchie di tutti la notizia di quelle giovani morti era ancora fresca. Poi gridò con voce stridula e gracchiante.

«Lui! È stato lui! Mio fratello è tornato, è tornato, è tornato! Lui non mi ascolta perché abbiamo litigato! Lui ammazza bambine e bambini, lui è il re, il re degli assassini!».

Il Morto guardava la scena con occhi vitrei, leggermente

più sgranati del solito, Miss Porno lanciò un gridolino preoccupato e si limitò a guardarsi in giro cercando di farsi venire in mente un'idea, la Chiatta ondeggiò verso il tavolo e, vista l'espressione di Denny, sempre ondeggiando ritornò sui suoi passi, gridando l'unico nome che fosse in grado di intervenire.

«Sergio!».

Ma era stato preso in contropiede anche il Santo.

Ricorsero ancora alla siringa. Mentre gli oceani dell'oblio lo trascinavano sul fondo, Denny sibilò fuori un'altra rima, agghiacciante.

«Voi non capite, lo dovete fermare, se mi spegnete il cervello smetterà di ammazzare...».

Lo trascinarono di peso sulla barella. E lo portarono nella sua stanza.

9 maggio 2006, ore 13:00

Ospedale Villa Maria di Rimini

Alice bussò alla stanza numero 27. Nessuno le rispose. Si diede il permesso da sola.

La signora Monti dormiva, Pietro fissava l'angolo del soffitto.

Alice si avvicinò silenziosa al bordo del letto. Pietro serrava un foglio fra le mani, qualsiasi cosa ci avesse scritto o disegnato sopra, ora se lo premeva sulla pancia. Il retro neutro guardava il mondo.

"Proprio come lui", pensò Alice.

«Ciao Pietro...».

Pietro serrò il foglio con ancora più vigore. Lo sguardo sempre al soffitto.

«Pietro... io voglio crederti. Vorrei tanto che tu ti fidassi di me».

La signora Monti trasalì.

«Mi scusi, davvero. Non volevo svegliarla».

«Alice... no, no, figurati. Non riposo nemmeno quando dormo. Sogno sempre il mio... Ma che c'è? Se sei venuta a darmi il cambio, non serve, davvero».

Parlava in fretta la signora Monti, come se accelerando le parole potesse lasciare indietro i pensieri.

«Come vuole. Volevo solo salutare Pietro, provare a parlare un po' con lui...».

La signora Monti sprofondò nella sedia, la mano alla fronte.

«Alice… Pietro non è più considerato un testimone…».

«Ma…».

«Alice, col disegno che Pietro tiene con sé ha messo fine alla parola attendibilità. E comunque domani ci dimettono. Preferirei stare qui che tornare a casa, credimi».

Poi si eclissò nuovamente, questa volta non chiuse gli occhi, perché la signora Monti non stava dormendo. La signora Monti era solo evasa da sé. Madre e figlio. Simili come mai prima.

Alice si avvicinò a Pietro.

«Pietro… io mi fido di te. Mi fido ancora e mi fiderò sempre. Fammi vedere il disegno, ti prego».

Non un cenno.

«Io voglio aiutarti, Pietro. Ma ho bisogno di capire. E tu sei l'unico che può darmi un aiuto, per favore».

Sembrò non cambiare nulla, lo sguardo inchiodato al soffitto, il foglio serrato fra le mani. Ecco… le mani. Le mani non serravano più. Non porsero, non offrirono. Ma smisero di serrare. Alice si guardò bene dallo sfiorarle. Le sarebbe piaciuta una carezza. Ma Pietro si sarebbe ritratto. Pietro avrebbe serrato. Alice, con delicatezza, prese il foglio.

Alice lo guardò.

Ancora lui. Lui che risucchia e divora. Che devasta e scompare. Alice vide il viso di Lucrezia, ancora, dietro il disegno del vecchio. Vide quel ghigno terrifico e perverso deturparle il viso. Era stato lui, lo stesso uomo. Lo stesso vecchio, la stessa *cosa*. Ma questa volta Pietro aveva aggiunto un dettaglio: una scritta. Sul margine destro del foglio, Pietro aveva scritto: l'Uomo dei Sogni. Alice vacillò. L'Uomo dei Sogni. Quella scritta le scorticò il cervello, prese a scavarlo come zampe animali nella terra. Quella scritta aveva lo stesso potere di quel viso. Come? Quando?

Non ricordava. Il cuore accelerò il battito, la testa prese a girare. Si sedette sul letto. Le sarebbe piaciuto, ma non riuscì a piangere. Era furente. Si rialzò all'improvviso e uscì dalla stanza, fermò il primo infermiere che passava.

«Dov'è il medico che si occupa del paziente della stanza 27?»

«In questo momento non riceve».

«Mi riceverà invece. Sono l'educatrice del ragazzino della 27 e gli devo parlare subito».

L'infermiere non aveva davvero voglia di storie.

«Vado a vedere».

«E io vengo a vedere con lei».

L'infermiere pensò che la prossima volta avrebbe optato per un'altra scusa. E con Alice al seguito andò a bussare alla porta del primario.

«Avanti».

Alice si fiondò dentro, sibilò un buongiorno al vetriolo e sbatté sul tavolo il disegno di Pietro.

«Mi spieghi perché l'unico testimone oculare viene ritenuto non attendibile».

Il primario si accigliò.

«Innanzitutto si calmi e si sieda».

Alice non si calmò e non si sedette.

«Un autistico, e soprattutto un borderline ad alto funzionamento come Pietro Monti, è tutt'altro che idiota, nel caso non ve ne foste accorti».

Il primario era decisamente seccato. Odiava discutere con la gente, odiava discutere con le ragazzine e odiava interrompere il solitario di Backgammon che attendeva sullo schermo del suo personal computer, per fortuna alle sue spalle.

«Mi ascolti bene, *signorina*. Non penso che sia un'educatrice a dovermi ricordare cos'è un borderline ad alto funzionamento. Nessuno ritiene che Pietro Monti sia un idiota. Ma, nel caso sia lei a non essersi accorta di qualcosa, Pietro Monti è sotto shock».

«Certo che è sotto shock! E credo sia meraviglioso per lui sapere che non vi fidate delle sue testimonianze!».

«Testimonianze?!».

Il primario afferrò il foglio che Alice aveva sbattuto sulla scrivania e prese a sventolarlo in aria.

«E lei questo disegno lo chiamerebbe testimonianza?! Sa che le dico? Che il suo Pietro è un grande artista, *signorina*. Ma per fermare un maniaco ci vuole ben altro che un bel disegno!».

«Ma è un identikit comunque! Il disegno è preciso! Lei è il primario del reparto di psichiatria. Lei avrebbe il dovere di dare questo disegno alla polizia».

«Un uomo che aspira un bambino dagli occhi non è reale, nel caso non ci avesse pensato. Pietro ci ha scritto sotto: l'Uomo dei Sogni. E sua madre ci ha giurato più e più volte che Pietro ha sognato questo individuo prima della scomparsa di Dario Monti. E poi il mio dovere lo so da me. Lei pensi al suo».

«Pietro lo avrà pure sognato anche prima della scomparsa di Dario, ma comunque dopo la morte di Filippo, Francesco e Luca».

«La prego di andarsene, signorina».

«Un'ultima cosa, dottore. Forse siete voi ad avere scordato una cosa. Voi considerate quel disegno una pura fantasia. Bene. Le ricordo una cosa, dottore. I borderline ad alto funzionamento, gli autistici con sindrome di Asperger, non hanno capacità simboliche, dottore. Questo significa che sono in grado di disegnare solo quello che vedono. E se un autistico ritrae un uomo, lo ritrae come appare in realtà, non come se lo è immaginato. Ha mai provato a usare una metafora con un borderline ad alto funzionamento, dottore? Non la capirebbe. Ha mai chiesto a un borderline ad alto funzionamento se può passarle del sale per sentirsi rispondere di sì, senza che lui glielo passi, dottore? Gli Asperger non mentono, gli *Asperger* non disegnano con la fantasia. Loro mostrano, dottore. E noi, che potremmo fare qualcosa per loro, non li ascoltiamo».

Le bruciavano gli occhi. Si girò di scatto e uscì. Si accorse solo allora che l'infermiere era stato tutto il tempo sulla porta con la faccia sbalordita, con la faccia più da culo che riuscisse a immaginare. Si scansò per farla passare.

«E tu che vuoi?», chiese il primario.

L'infermiere chiuse la porta e sparì.

«Vado a vedere… che genio…», sussurrò fra sé.

Il primario prese fra le mani il disegno. Quella ragazzina aveva ragione sugli Asperger. E quel bambino risucchiato dagli occhi, allora? Forse la comunità scientifica doveva rivedere alcune posizioni, perché in ogni caso quel disegno *non* poteva essere reale. Ma il vecchio forse sì… Spense il computer. E chiamò il commissariato.

***

Alle 22:00 in punto Alice spense la luce. Era stata una giornata lunga e densa, da chiudere in fretta. Nemmeno il tempo di pensare a quanto fosse presto e già delirava.

Vide il viso di Lucrezia sovrapporsi a quello di Dario e l'Uomo dei Sogni risucchiarla dentro alle sue orbite vuote. Vide ogni dettaglio: le gambe di Lucrezia assottigliarsi sino a divenire evanescenti, il corpo dissolversi, smagrirsi, disperdersi. La vide rarefarsi. E venire aspirata, dagli occhi voraci di quella creatura inumana. Vide se stessa. Rannicchiata all'ombra di un albero, fradicia di urina. Si vide con gli occhi sbarrati. Vide eserciti di nubi, come pietre focaie, scontrarsi solide. E il cielo sanguinare. Vide l'acqua scorrere a ritroso. Nera. Senza riflettere il cielo. Sopra ogni cosa incombeva la voce di Denny, non quella che aveva sentito all'ospedale, no. Non quella di adulto. Ma quella stridula di bambino, vomitata dalle segrete della memoria. La voce increspava l'immagine, come un corpo morto gettato nell'acqua.

«Lui è là, ci vive intorno, ma la notte fa ritorno! Nella casa lungo il fiume, non c'è vita e non c'è lume, ma c'è un cielo appeso al muro, lui ti guarda a muso duro. Non guardarlo, non cercarlo. Se ti vede tu gli credi! Se gli credi lui ti vede!».

Nel sogno rimase sola. In un parco desolante e surreale, ossidato. Si alzò, ed era sempre bambina. Camminò verso la casa. La porta era aperta, non c'erano topi; solo ragnatele e polvere, tubetti di colore a olio e vestiti, perfettamente impilati gli uni sugli altri. Riconobbe il vestitino di Lucrezia, bianco con le ciliegine rosse. Ordinò alle sue gambe di portarla fuori, ma le gambe procedettero dritte, dentro alla stanza di Denny. La porta era sbarrata. Le altre no. Le altre erano spalancate e si alzava un vento ostile ad agitare lo schifo, che danzava nell'aria e graffiava gli occhi. Puzza di Rye whiskey. Puzza di sesso. Puzza di urina. Le gambe la condussero di fronte alla porta. Il vento premeva contro, come se la volesse scardinare, l'aria infiltrata fra gli stipiti strillava, parevano voci di agnelli scuoiati. Poi la maniglia si abbassò. E la porta si aprì. Un coniglio nero. Alto come un uomo. Come un *vecchio*. Dalle sue labbra colava bava viscosa e fetida. Il coniglio aveva zanne uncinate, scintillavano di rosso. Le gambe di Alice erano radicate al suolo. Abbassò lo sguardo. Era l'erba. Poteva vederla, si era arrampicata dalla finestra allungando i suoi verdi artigli, e ora le stritolava le caviglie.

Il coniglio le indicò il quadro. Dentro si agitavano le stesse nubi che Alice osservava scontrarsi nel cielo, solide. Ma sopra le nubi… sopra le nubi Alice vide Lucrezia e Dario e Filippo e Francesco e Luca e altri bambini con gli arti strappati. E sopra i loro resti, conigli neri. Tutti. A divorare coi musi affondati, a strappare le carni.

«Siamo tutti neri. E siamo i figli. Il Bianconiglio è carnivoro. Noi siamo carnivori. Fatti la tua vita, Alice, lascia stare. Altrimenti ti farai mangiare tutta. Davvero».

Poi il grande coniglio allungò una zampa verso il quadro, lo penetrò, ci passò attraverso. Afferrò un braccio smembrato e lo strappò alle mascelle serrate di uno dei suoi neri figli. Il piccolo coniglio strillò per il pasto rubato. Strillò come un uccellino da nido a cui abbiano strappato via il verme. Il grande coniglio si portò il braccio grondante alle fauci, Alice vide che ora l'arto era delle dimensioni reali. Tutto era troppo, davvero troppo reale. Il coniglio azzannò e tranciò.

Solo allora riuscì a strillare. E a svegliarsi.

Erano passati quindici fottuti minuti da quando aveva spento la luce. Quel giorno non voleva morire.

Il letto era fradicio di sudore.

E di urina bollente.

9 maggio 2006, ore 23:00

Ospedale psichiatrico giudiziario di Reggio Emilia

Il sedativo non seda. Confonde. E toglie le forze per opporsi al delirio. Denny non sa più se ha gli occhi chiusi o aperti. Sa solo che vede: massacri.

All'ora di cena si è beccato la seconda iniezione.

Al telegiornale parlavano di Dario.

Al telegiornale mostravano il fiume.

E in fondo lui l'aveva vista: la sua casa. Cosa di poca importanza per la gente, la casa.

«Guardate là, guardate làaaaa!», aveva urlato, e tutti si aspettavano una frase a effetto, una rima. Invece niente. Prese a strillare in quel modo odioso. Prese a essere inquietante. Fu sempre il Santo a porre fine al delirio. E gli altri si rimisero a mangiare. Gli altri potevano dimenticare. In quel loro masticare ritmico e monotono, gli altri potevano dimenticare l'orrore, la precarietà, il vortice dell'esistenza. Mai ricordare a una mente instabile il potere del caos. Mai. A questo servivano gli inservienti: a riempire le falle nelle dighe della vita. A fare finta che tutto proceda regolare, che l'acqua non prema e travolga. A fare finta di niente.

Ma Denny ora vede: massacri. E sa che suo fratello lo sente. Anche se non si parlano più. Perché hanno litigato. Dalla morte di Lucrezia.

Marzo 1986
Quando Denny litigò con suo fratello

«Ci lasci tornare a casa, signore...», chiese Alice con labbra tremanti e occhi lucidi.

«Certo che vi faccio tornare a casa, nella casa primordiale, mie care... nella casa del padre, perché io sono il figlio...».

Denny tremava. Vedeva incombere la tetra figura di suo fratello sui corpi delle bambine. Non voleva che accadesse nulla. E invece sì. Lo voleva eccome. No. Non lo voleva. Ad Alice no, ne era certo, ma a Lucrezia sì. No, non era giusto che accadesse nulla nemmeno a lei, in fondo era stato solo uno sgambetto, uno sgambetto, sì, un fottuto stramaledetto sgambetto di quella lurida cagna mangia merda, ecco cos'era stato. Doveva crepare, la stronza. No! Non doveva morire. Sì. Doveva crepare.

Nella testa di Denny si agitava l'inferno.

La volontà franava sotto la carica dell'istinto. Come un ariete sfondava le porte della pietà e invadeva i castelli di odio incandescente. Denny non poté non guardare. E quello che vide lo rese semplicemente pazzo. Vide ciò che aveva sempre bramato: morte per le offese subite. Lucrezia col volto spalancato dall'orrore, la meravigliosa vulnerabilità dipinta sul volto della sua carnefice. Vide assottigliarsi quel corpo di piccola cagna fino a scomparire, fino a essere inglobato a forza nei mondi orrorifici della sua fantasia.

L'odio alimentava se stesso. Le paure degli altri lo rendevano forte. Ingrassavano le sue proiezioni. Anche se Denny non poteva saperlo: non aveva ancora otto anni.

Quando l'Uomo dei Sogni ebbe finito con Lucrezia, si voltò verso Alice. Fu allora che Denny gridò.

«No! Lei noooo!».

Alice si voltò e vide ancora quel suo compagno strano alla finestra. Ma l'Uomo dei Sogni l'afferrò comunque. Denny latrava, supplicava, piangeva. L'Uomo dei Sogni la inchiodò ai suoi occhi. Denny prese a battere la testa contro la parete. Strappò le tende, ribaltò il materasso, scaraventò via il quadro dal muro. Fu a quel punto che l'Uomo dei Sogni lasciò cadere a terra la bambina. E corse come una furia incontro a Denny.

«Che cosa stai facendo?», chiese con voce di serpente, gli occhi cerchiati di rosso.

«Tu non devi fare così!», strillò Denny.

«Non sono io che faccio così, ricordatelo, stampatelo in quella tua testolina di bambino perverso. Sei tu che mi fai fare questo. Tu, tu e soltanto tu».

«...No... non è vero! Io... io ti ho detto di lasciarla stare».

«Vai alla finestra».

Denny non si ricordava come muovere il corpo. La rabbia e il terrore lo avevano reso di gesso.

«Ti ho detto di muovere quel tuo culo smilzo!».

Denny si mosse. Andò alla finestra. Alice era ancora là. Svenuta, ma viva. Ne era certo, era viva perché non era scomparsa. L'Uomo dei Sogni non l'aveva divorata.

«Sei contento adesso? Io no. E sai che ti dico? Che farò tutto da me d'ora in poi. Con te ho chiuso».

L'Uomo dei Sogni prese la tela e la rimise con meticolosa attenzione sopra la scrivania. Denny scuoteva la testa, la paura della solitudine gli attanagliò la mente.

«Aspetta, io...».

«E ricorda...». L'Uomo dei Sogni gli puntò l'indice secco e nodoso in mezzo agli occhi. «Ricorda che tutto quello che succederà da oggi in poi sarà solo colpa tua».

Detto questo entrò nella tela come si entrerebbe in una finestra aperta. Entrò e i suoi vestiti vennero illuminati di una luce nuova, la luce che il quadro rifletteva. Si sistemò così come il padre lo aveva generato. Ritornò bidimensionale. Denny cercò di allungare una mano, ma il suo pugno chiuso si scontrò contro la tela. Si lasciò scivolare in ginocchio, piegato dai singhiozzi. Di lì a una manciata di giorni avrebbe avuto inizio il suo peregrinare fra brefotrofi e case di correzione. Avrebbe avuto inizio l'oblio.

Ma in realtà, nella realtà cruda e abrasiva dei fatti, cos'era capace di fare Denny? Era capace di odiare l'odio che gli faceva odiare chi odiava e fabbricare paure. Perciò creava mostri che odiassero per lui. E mentre li contemplava, rabbrividiva nel capire che era giusto odiarsi per averli generati. Prese a torcersi le mani. E indebolendo il fisico, portava l'anima al frantoio.

9 maggio 2006, ore 23:30

Guarda guarda chi si rivede...

«Stai scherzando, vero?»

«Mai stata più seria», rispose Alice schiacciando il piede sull'acceleratore.

«Ma è notte, Cristo santo!».

«Lui è là, ci vive intorno, ma la notte fa ritorno. Nella casa lungo il fiume, non c'è vita e non c'è lume, ma c'è un cielo appeso al muro, lui ti guarda a muso duro. Non guardarlo, non cercarlo...».

«Ok, ok...».

«...Se ti vede tu gli credi... Se gli credi lui ti vede...».

Non proferirono parola. Era una cosa da fare. Punto. Per forzare l'anima a starsene poi in pace, per dirsi che in fondo ci avevano provato. Stefano ne era sicuro: non avrebbero trovato nulla.

Lasciarono la macchina nel parcheggio deserto, poco prima del ponte. Scesero a piedi. L'aria era fresca, umida. Già piena di zanzare. Stefano si sbatté la mano a palmo aperto sul collo.

«Fottuti insetti».

Alice non sembrava farci caso. Era concentrata.

Giunsero alla porta d'ingresso, socchiusa.

«Accendi la torcia».

«Certo che l'accendo, puoi scommetterci», rispose secco Stefano.

La luce scavò nel buio il suo cono dorato, al centro pulviscoli. Stefano la puntò prima sul pavimento lercio, poi lungo il corridoio, fino a illuminare la maniglia della porta chiusa che sbarrava l'accesso alla squallida cameretta di Denny.

«Venire qui di notte è la peggiore idea che ti potesse saltare in mente».

Alle spalle un fruscio. Stefano cercò con la torcia, illuminò una coda che sembrò sparire nel nulla, dietro a un armadio scassato. Poi più niente, solo pelle sollevata come scaglie; e a terra cartacce, stracci, colori a olio.

«Facciamo in fretta», suggerì Alice, e gli camminò avanti, senza torcia. Stefano la inseguì e le illuminò il cammino.

Alice abbassò la maniglia.

9 maggio 2006, ore 23:30

Ospedale psichiatrico giudiziario di Reggio Emilia

Le vene, il sedativo lo hanno fagocitato e digerito. Quello che resta in Denny è un macigno nella testa e un grumo di sangue rappreso nell'anima.

Denny ora ricorda. Tutto.

E le immagini nella testa non se ne vanno. Ora lo sa, non è il sedativo. È il marcio che gli cresce nel cervello. È il marcio che non gli fa capire se gli occhi sono chiusi o aperti. Quello che è certo è che vede comunque. E quello che vede non è una bella storia.

...Se smetto di odiare svanirà, mai più nessuno ucciderà. Per farlo bene c'è solo un sentiero, ammazzarmi il cervello che s'inventa il vero...

9 maggio 2006, ore 23:35

Ti ricordi di me?

Stefano restò sulla soglia, sondando con la luce i tre angoli della stanza. Il quarto rimase protetto dalla porta. Alice avanzò di due passi verso l'interno. La luna filtrava senza dolore fra i denti scheggiati della finestra. La torcia illuminò la scrivania; svelò il quadro. I cuori repressero un battito. Sopra le nubi, stagliato contro cieli di piombo, si ergeva l'Uomo dei Sogni. Il cono di luce gli illuminò il volto, acceso in un ghigno mefistofelico. Alice lo riconobbe, la memoria lo rigurgitò dagli anfratti, indietreggiò d'istinto; ma prima che potesse ordinare alle sue gambe la fuga, la testa dell'uomo scattò di lato, verso la finestra. E come se avesse preteso un aiuto dai venti, questi chiusero la porta mandando la torcia in frantumi, lasciando Stefano fuori. Senza possibilità di appello.

Alice non lo sentì urlare, né calciare contro la porta. Non sentì nemmeno la maniglia spezzarsi, non lo sentì piangere. Tutto quello che poteva fare era restare ancorata alla logica, mentre l'Uomo dei Sogni, in un balzo, abbandonava la tela saltando giù dalla scrivania, ergendosi di fronte a lei in tutto il suo orrore.

«Ciao, cara. Ti ricordi di me?».

9 maggio 2006, ore 23:37

Ospedale psichiatrico giudiziario di Reggio Emilia

Denny sapeva che l'Uomo dei Sogni era tornato. Denny sapeva che in realtà l'Uomo dei Sogni non aveva mai smesso. Denny era certo di avere parecchio a che fare con quella faccenda. Denny intuiva la strada per farla finita. Si tirò a sedere sul letto. Le ossa sembravano di gomma, rispondevano tardi e male. Eppure, improvvisamente, nella sua testa fu tutto chiaro. Guardò la finestra, fuori la luna pareva fissarlo come un unico immenso occhio cieco. Si trovava al primo piano, Denny. Si trovava troppo in basso.

"...è questione di un momento, se il cervello morirà, cesserà ogni tormento...".

9 maggio 2006, ore 23:37

Alice non riusciva a muoversi. Per la verità nemmeno a pensare. Come una bestia di fronte ai fari di una macchina, aspettava semplicemente che fosse tutto finito. L'Uomo dei Sogni le cinse le spalle: dita di ferro, fredde e dure come un tavolo autoptico. Quel freddo le ricordava il fiume. E il ponte. Quel freddo le scardinava i cancelli alla mente; soprattutto le vomitava nell'anima la faccia urlante di Lucrezia Contini. Quel freddo era tumorale.

«Noi ci ricordiamo di te...», le disse con voce metallica, stridula, robotica.

Noi ci ricordiamo di te... E intanto i suoi indici rinsecchiti le tiravano su le palpebre, mentre i pollici spingevano leggermente in giù la pelle sotto agli occhi: il Divoratore cercava l'anima. Aveva braccia Alice, e gambe. Ma questo ricordo non le sfiorò la mente. Si accorse che le sue mani stringevano i polsi gelidi dell'Uomo dei Sogni, ma osservò tutto come se fosse estranea al suo corpo, lontanissima. Non sentì la forza fluirle lungo le braccia. Vide le sue mani ferme. Stare sui polsi del Divoratore.

«Denny mi ha molto ostacolato, sai? Se quel ragazzino fifone non mi avesse messo il bastone fra le ruote, oggi noi due avremmo molti meno problemi, non trovi, cara?».

Alice vedeva nero. Non vedeva altro che una massa viscosa di nero avanzarle dentro. Non erano occhi quelli che stava guardando. Non potevano essere occhi. Erano vuoto. Nero, melmoso, cannibale. Un vuoto ipnotico a sbilanciarla sui crepacci dell'universo.

«Un grande egoismo da parte tua, sai? Il volere essere sopravvissuta a Lucrezia, dico. Tanti anni sono passati, hai studiato, sei cresciuta e la vita ti ha tediata, ti ha delusa, ti ha frustrata. Molto più onesto lasciarsi ammazzare, dammi retta, è il miglior modo per farti perdonare...», disse l'Uomo dei Sogni, mentre la sua bava schiumosa le colava sulla giacca. Alice poteva sentirle quelle parole, ferirla come spilli puntati sui nervi. Ma non le collegava alla bocca che le sbavava addosso, no. Le collegava ai crepacci dell'universo. Era l'universo a parlarle con la sua eco distorta e terribile. E l'universo aveva ragione: lei era stata egoista, aveva lasciato morire Lucrezia. Invece di prendere il suo posto. E quel che è peggio, Alice non si accorse di delirare. Iniziò semplicemente a sentirsi più leggera...

9 maggio 2006, ore 23:37

Ospedale psichiatrico giudiziario di Reggio Emilia

Denny fissava la finestra: aveva deciso. Il suo viso opaco si concentrò in un'espressione risoluta; brandì in aria i suoi stracci sanguinolenti e li rovesciò con furia contro il vetro della finestra. Fu uno scroscio di schegge traslucide, di minuscole ghigliottine che piovvero dall'infisso. Sarebbe arrivato il Santo e lo avrebbe drogato, ancora. Non lo avrebbe permesso. Doveva fare presto. Spazzò via i vetri rimasti con i polsi. Non sentì la carne lacerarsi. Sentì solo calore, l'anima bollente fluirgli via dal corpo. Diede al suo sangue una faccia, gliene diede molte. Gli parve di vedere in quella linfa vitale i volti di tutti coloro che gli avevano fatto male, e di cui aveva desiderato la morte. Li vide fluire via da sé, lontano dalla sua testa, come infinite ballerine ubriache, o come disertori di una guerra alla quale non volevano più appartenere. Vide i propri pensieri rallentarsi e scolorire. Vide l'immagine dell'Uomo dei Sogni farsi sempre più tenue e disciogliersi, fluire anch'essa nel canale di scolo dell'universo. E mentre premeva i polsi contro i denti scheggiati della finestra, che si aprivano il loro accesso nella carne, Denny sentì per la prima volta calore, calore dentro l'anima. Sentì per la prima volta qualcosa che somigliava alla pace. Sentì per la prima volta di avere fatto qualcosa di giusto, di sano, di bello. Non sentì se stesso cadere. Non percepì la vita fluire via dal corpo, sulle mattonelle gelide della stanza. Sentì soltanto un pietoso *fade out*. Lo trovarono così. Con un'espressione di sollievo sul volto cereo. Crollato nel proprio sangue.

Denny era morto.

9 maggio 2006, ore 23:38

Mai dimenticare il bastone...

Il Divoratore urlò. Anzi, squittì graffiando l'aria. La barriera del suono sanguinò. Il Divoratore si ritrasse, si contorse sul pavimento lercio della stanza. Non era più padrone dei propri movimenti, qualcosa lo tirava, qualcosa lo muoveva. E quel qualcosa era il quadro. Alice smise di vedere nero. Alice ora vedeva dentro la stanza. Ma senza realizzare ancora di essere dentro ai suoi occhi. Si vide come da lontano, come se la sua anima galleggiasse a un soffio dal soffitto. Sentì il sangue riprendere a fluire, sentì consistenza nei fasci muscolari, si sentì viva. E immobile.

Quello che vide si impresse nella sua mente: ferro rovente su carne nuda. Vide le nuvole di piombo tirare, sentì il vento riempire la stanza quasi volesse fagocitarla al suo interno, nel suo siderale nulla. Vide l'Uomo dei Sogni abbandonare il bastone e scheggiarsi le unghie feline, nel tentativo sterile di aggrapparsi al pavimento, di fermare la disfatta. La tela lo risucchiò, lo opacizzò, lo pressò nella sua bidimensione, lo costrinse all'immobilità artica del suo cielo. Ma l'espressione in cui si congelò rimase comunque terrifica. Non era l'espressione d'origine, l'espressione che dipinse il padre. Era un'espressione ferina e crudele, di rabbia omicida, di furia sanguinaria tenuta sottovetro. In quel momento la porta si spalancò, Stefano cadde dentro, di peso. Il suo sguardo cercò Alice: illesa. Gli occhi di lei erano fissi sulla tela, Stefano seguì la loro direzione. E quello che trovò gli fece desiderare di non essere adulto. Perché il cervello, certe cose, non le scorda. Anche quando non sa spiegarle.

Capitolo nove

10 e 11 maggio 2006

La resa dei conti

Quella notte Alice e Stefano fecero l'amore. Come non lo avevano mai fatto prima. Lo fecero fino a crollare, fino a non poterne più. Fino a spegnere il cervello. Dei segreti nella casa di Denny non avrebbero fatto parola con nessuno. Se lo erano promessi. Li avrebbero presi per pazzi. Non c'era stato bisogno di esplicitare nessuna intenzione. Si erano capiti in silenzio. E amandosi avevano suggellato l'accordo. Restarono ore intere senza proferire parola. Le carezze, gli occhi, i sessi, tutto scacciava l'orrore, innalzava tra loro e l'Uomo dei Sogni una barriera invalicabile. Quasi fosse un rituale. Il giorno arrivò e sparì di nuovo, sopraffatto. Alice e Stefano: due anime affondate. Se non avessero entrambi visto l'orrore, sarebbe finita fra loro, lo sapevano. Nessuno dei due avrebbe creduto all'altro. Nessuno avrebbe creduto a nessuno. E i loro corpi restarono uno per ore, ore e ancora ore.

La mattina del secondo giorno Alice si slacciò dall'abbraccio. Un viso di pietra, risoluto. Da guerriera.

«Devo parlare con Denny. Lui sa».

Scivolò via dalle lenzuola calde, dagli umori della stanza. Camminò nuda fin dentro lo studio, agguantò il cordless e digitò il numero dell'ospedale psichiatrico giudiziario. Si sedette a terra, lo sguardo verso il cielo, oltre la finestra. Attese che una voce annoiata rispondesse.

«Buongiorno».

«Buongiorno a lei. Mi chiamo Alice Di Pardo, avrei bisogno di fissare un incontro con un vostro paziente, Denny Possenti. È molto urgente».

La voce annoiata rispose. Disse quello che c'era da dire. Calò il silenzio.

«Signorina? Signorina è in linea?»

«...Sì... Mi scusi...».

«I funerali si terranno oggi alle due, nella cappella dell'ospedale».

«...La ringrazio...». E agganciò.

Non aveva trovato il coraggio di chiedere nulla.

Un rapido sguardo all'orologio a muro: le undici. Bisognava far presto.

***

Il viaggio in macchina fu teso. Né Alice né Stefano osarono spezzare il silenzio. Avrebbero dovuto parlare, se non fossero stati adulti.

C'era una domanda che Stefano avrebbe voluto fare. Se non fosse stato adulto. C'era una logica nel delirio, sempre e solo se non fossero stati adulti.

Quando è morto con esattezza Denny?

Questa era la domanda che prendeva a cazzotti il cranio di Stefano.

Dietro alla domanda premeva qualcosa di più grosso, ingombrante: premeva un'associazione potenzialmente pericolosa: perché erano adulti.

***

Il funerale fu molto meno triste della cappella, asettica e impersonale.

Appartenendo all'ospedale la si poteva considerare, in un certo senso, coerente nella sua bruttura. Alice e Stefano erano gli unici esterni. Niente amici, né parenti. E fra tutti nemmeno una lacrima. Un degente non fece altro che sbadigliare e un altro non riusciva a non infilarsi la mano nei calzoni ogni cinque minuti. Se non fosse stata una situazione realmente triste, sarebbe sembrata una barzelletta. La cassa era chiusa per bene. Denny non si era conciato in modo piacevole, nemmeno per l'estremo saluto. Al termine della funzione, il direttore dell'ospedale psichiatrico si incamminò verso Alice, non le aveva tolto gli occhi di dosso per tutto il tempo, le tese la mano umidiccia e pelosa e si presentò.

«Siete gli unici volti nuovi, eravate parenti?»

«...No...».

«Amici?»

«...Compagni di scuola».

«Capisco... Be', mi dispiace molto per il modo... Il signor Possenti non aveva mai dato problemi, non avevamo mai ritenuto che potesse compiere un simile gesto di...».

«Cosa intende dire?», chiese Alice col cuore che calciava lo sterno.

«Come, non gliel'hanno detto? Si è suicidato la notte del nove; l'infermiere ha sentito rumore di cocci... sarà quasi stata la mezzanotte...».

Il direttore aveva di fronte due stracci ora: Alice e Stefano, cerei.

«Mi dispiace...». Girò sui tacchi e sparì, così come era venuto.

Tornarono alla macchina. Qualcuno aveva domandato al posto loro. Qualcuno aveva pure risposto. E ora non si sentivano per niente meglio. O forse sì. Perché in qualche modo sapevano che era finita davvero. Finita davvero… Significava che quella pericolosa associazione era stata fatta. Denny aveva salvato la vita ad Alice per la seconda volta. Pagando il prezzo più alto. Alice e Stefano lo sapevano. Alice ricordò l'Uomo dei Sogni urlare e soffrire, venire risucchiato via, un attimo prima di spezzarle la vita, un attimo prima dello sbilanciamento finale nei crepacci dell'universo. E poi Alice lo aveva sentito: «Noi ci ricordiamo di te…».

Così aveva detto. Aveva usato il noi. E Alice lo sapeva: lui e Denny erano una cosa sola. In qualche modo lo sapeva anche Stefano.

Lo avrebbero potuto immaginare prima, da soli. Se non fossero stati adulti.

«Alice?»

«Mmm».

Stefano aveva deciso di accettare il peso cosmico di quella strana storia. Non si limitò a non negarla. Andò oltre: ruppe il silenzio.

«Com'è possibile?»

«…».

«Voglio dire: chi è l'Uomo dei Sogni? Da dove viene?».

Non si voltò mai a guardarla, Stefano fissava la strada. Mani incollate al volante.

«Io credo siano una cosa sola», rispose Alice.

Questa volta Stefano si voltò. Gli occhi grandi.

«Lui e Denny, intendo», precisò Alice.

Lo sguardo di Stefano tornò alla strada. Per fare altre domande ci voleva più tempo. E più coraggio.

«Vuoi che ti porti a casa?»

«No. Lasciami da Pietro».

***

Pietro si ostinava a non muoversi. Tutti si chiedevano quanto avrebbe resistito in quella posizione da piaghe da decubito. Ma ormai era chiaro a tutti. Se lo avessero toccato avrebbe urlato, e sarebbe stato peggio. Pensarono che prima o poi avrebbe sentito la necessità di una posizione diversa. Alice lo fissava, e si chiedeva se e come dirgli quello che aveva scoperto. Se e come restituire a Pietro la dignità di testimone eccellente che gli avevano sottratto.

"Se e come...", pensava. A disturbare quel flusso entrò la signora Monti, stinta come uno straccio dimenticato al sole, prosciugata. Salutò Alice con un debole cenno del capo. Si abbandonò sulla sedia e accese la TV.

Alice quasi non se ne accorse, quasi... furono le immagini a falciarle la mente, molto prima delle parole: fu il parco. Furono i vestiti. Fu la familiarità con quell'orrore. Infine fu la voce del giornalista.

«...Marco Pulazzi questa mattina non è arrivato a scuola, il bambino di soli otto anni sembra essere scomparso nel breve tragitto che da casa lo avrebbe condotto presso il suo istituto. Gli inquirenti hanno rinvenuto i suoi vestiti, proprio come è successo per Filippo Succi, Francesco Zangoli...».

La signora Monti spense la TV; una pietra al posto del viso. Ma Alice continuava a vedere le immagini, la videocamera portata a mano: la soggettiva della sua anima. La mente di Alice proseguì, sapeva farlo. La videocamera si era concentrata sul fiume. Alice invece scartò a sinistra, entrò in quella stramaledetta casa, percorse il corridoio lurido, entrò nell'ultima infernale stanza. E improvvisamente urlò. Urlò e persino Pietro ne fu scosso e staccò gli occhi dall'angolo del soffitto. Alice urlò perché con gli occhi della mente aveva visto: il bastone. Il bastone a terra, nel centro della stanza. Il bastone non era stato risucchiato dal quadro. La dimensione della realtà e quella allucinatoria e orrorifica del dipinto potevano ancora comunicare.

«Che ti prende?!», bisbigliò la signora Monti; la voce roca le raschiò la gola.

Alice non proferì parola, sentì le gambe che la conducevano fuori. Dentro le orecchie il gemito di Pietro e in sottofondo quella voce, stridula e maligna: *noi ci ricordiamo di te*.

Denny Possenti si era sbagliato.

L'Uomo dei Sogni non era morto.

***

«Il bastone, cazzo! Il bastone! Muoviti, ti aspetto al parco fra quindici minuti!», aveva urlato Alice. Poi gli aveva chiuso il cellulare in faccia. Stefano era salito in macchina sgommando via.

Intanto Alice aspettava. Da quindici minuti. Lo sguardo che fino a quel momento era stato fisso sulla casa, ora saliva verso il Ponte di Tiberio, cercava la sagoma di Stefano scendere dal sentiero, venirgli incontro. E affrontare l'incubo.

Lui è là, ci vive intorno, ma la notte fa ritorno...

Erano quasi le nove, si stava facendo buio. Alice lo sapeva. Bisognava fare presto.

Stefano non arrivava.

***

Phantom of the Opera. Fragore di Iron Maiden. Stefano guida, la tavoletta sotto il suo piede vorrebbe strillare. La musica rimbomba contro i finestrini chiusi. Un solo pensiero fisso gli rode il cervello: Alice – sola – al parco. Stefano sfreccia. Semaforo. Verde. Stefano passa. E la corsa finisce.

Dall'incrocio sbuca una Nissan grigia. Non vede il rosso. O non lo rispetta. Sta di fatto che passa. E falcia.

Crash. Rumore di lamiera. La Nissan è grigia. E anche rossa. Stefano non fa in tempo a capire. Un battito di ciglia. E il mondo è nero. Senza suono.

***

Alice è stanca di aspettare.

Si porta dietro alla casa, vicino al recinto. Il ramo che Stefano aveva usato come bastone è ancora lì.

Lo afferra.

Trenta minuti. Il parco getta ombre che strisciano, si arrampicano.

Trenta minuti sono troppi. Finché c'è luce si può fare. Fare cosa, di preciso, non lo sa ancora. Ma qualcosa si può fare. Prima che le ombre della sera la risalgano da dentro, togliendole lucidità.

Sulla soglia nessun topo. Niente di niente. Non è più il loro regno. Non è sicuro.

Alice entra.

Nella stramaledetta casa.

Alice percorre il corridoio lurido.

Alice entra nell'ultima infernale stanza.

È aperta. È fredda. Qui il topo c'è. O almeno quel che ne resta, spiaccicato contro lo spigolo. Puzza da fare schifo. Le mosche se lo lavorano bene. Alice deglutisce, la manica della giacca premuta contro il naso.

"Devo far presto".

Deve far presto. Uno sguardo rapido alla stanza: vuota. Troppo vuota. Troppo vuoto a terra: manca il bastone dell'Uomo dei Sogni.

Slam.

La porta si chiude. Fremito di cocci alla finestra. E Alice ricade in quel torpore bastardo. Terrore che le fa di cemento il cuore e le fonde i piedi alla terra. L'aria puzza: colori a olio. La lucidità è importante, non va persa: bisogna guardare, Alice lo sa. Guarda il quadro. Nubi. Nubi elettriche, statiche, vuote. Guarda meglio. Vorrebbe non guardare. Gli occhi sono puntine verdi inchiodate alla tela, Alice non può non guardare. E Alice guarda. La bidimensionalità si spezza. Sente il vento siderale di quei cieli di piombo tagliarle il viso, molestarle i capelli. Quel vento ha il tocco freddo, gelido, di un oltremondo.

In lontananza un punto. Nero.

Non è un punto. Si muove.

È nero. Ma non è un punto.

È un tumore. Un tumore nel quadro. Una macchia scura che si allarga e toglie vita al cielo. Lo infetta.

La macchia ora è al centro.

La macchia ha un sorriso di sangue.

La macchia ha mani. Artigli. La macchia è un coniglio. La macchia *è* il coniglio.

Gli artigli del coniglio serrano un tronco. Di bambino.

I conigli non hanno artigli. Alice lo sa. Nemmeno zanne. Eppure *quel* coniglio, l'unico coniglio, il re di tutti i conigli, ha artigli, zanne e carne fresca appiccicata al muso.

Quel che resta del bambino gronda. Quel che resta di Marco Pulazzi. Alice lo sa: è Marco Pulazzi. Ha visto la foto alla TV.

Plick. Plick. Plick.

Il tronco gronda. Sulla scrivania. E il coniglio ride.

Il conigliomacchiatumore muta, si trasforma. I colori si mischiano, s'impastano, compongono. Lo stesso vale per il tronco. Si assottiglia, si scolora, s'indurisce: un bastone perfetto. *Il* bastone. L'archetipo di tutti i bastoni.

Tic. Tic. Tic.

Il bastone batte su mattonelle di nuvola. A ogni tocco scintillano. Fulmini. Piove. Piove dentro la stanza. L'acqua non lava il sangue; lo imprime a terra. Perché l'acqua pesa. È nera. È olio. Colore a olio pastoso che tinge. E non va via.

Il conigliomacchiatumore non è più conigliomacchiatumore. È il contenuto dentro alla forma. È la forma del contenuto. È coerenza perfetta. È il male. È l'Uomo dei Sogni.

Il Divoratore.

Alice non sa che potrebbe scappare. Quindi Alice non può scappare. Alice resta. Fissando negli occhi l'assurdo.

Il Divoratore parla.

«Noi ci ricordiamo di te». Ma la sua voce non è una. Nemmeno due. La sua voce è mille voci. Dalla stessa bocca. Dilatano il cervello, lo impregnano. Lo fiaccano.

«E c'è una cosa, un discorso, che noi due stavamo facendo molto bene prima che…».

La faccia del Divoratore si piega verso il basso, una smorfia di dolore, poi risale in un ringhio.

«Prima che quel deficiente cercasse di fermarci».

I pori sono laghi secchi spalancati al cielo. Alice ha freddo, un fottuto freddo alla gola, l'urlo non esce, si congela, si spezza e cade in cocci nella pancia. Il Divoratore poggia un piede sulla scrivania. La imbratta. Sangue e polvere. Le nuvole sono di polvere, sporcano l'aria.

Il Divoratore è dentro la stanza. Fuori dal quadro. Non sorride. Non ammicca. Non gioca. Il Divoratore è furioso. Placida superficie palustre. Concentrato. A far accapponare il cervello è sempre la voce. Da bambino, metallica. Distorta.

«Lui ha voluto farmi male. Male, capisci?».

Lentamente la voce ridiscende le ottave, si fa maschia, lugubre, feroce.

«Voleva che li lasciassi stare… che *ti* lasciassi stare, piccola figlia di troia puttana, cagna, lurida, fetida, sporca merda…».

Sbava. Il Divoratore sbava. E ringhia. La schiuma rosa cola sul vestito. Collosa, viscida. Puzza di marcio. I tempi di reazione crollano sotto lastre di terrore, Alice non può nulla. E le mani del Divoratore le sono addosso: gli indici vizzi sollevano le palpebre. I pollici abbassano la pelle sotto agli occhi.

«Vediamo dove eravamo rimasti…».

***

Senza il carrello di metallo la nonna cade.

La nonna si appoggia al carrello. Lo spinge.

Drum. Drum. Drum. Le ruote del carrello scorrono sulle mattonelle. Fra i loro interstizi.

«Respira. Respira!», dice la nonna. Ha voce da uomo.

«Respira, avanti!».

Dolore al petto. Qualcosa si spezza, esplode. Aria.

Drum. Drum. Drum. Nonna non c'è. È morta.

«Avanti, avanti!».

Assieme alla nonna è sparita la quiete. Ora c'è dolore. Qualcosa pulsa in testa e molto più giù, sul costato. Qualcosa che brucia.

Drum. Drum. Drum. È il rumore della barella spinta da un uomo in camice bianco.

Slam.

Le porte del pronto soccorso si aprono.

Stefano vede bianco.

E sviene.

***

Il parco non è verde: è ossidato. Come galleggiasse sul

fondo di un fiume, morto. È un mondo che non sa di vero. Chiuso. Come in una di quelle bottiglie che si tengono sugli armadi, con dentro le barche.

Alice ha perso lucidità.

Alice crede. Nel mondo chiuso dentro la bottiglia.

Crede agli occhi del Divoratore.

«Facciamo finta di litigare perché la maestra ti ha sgridato per colpa mia e io ti chiedo scusa e poi facciamo pace, ok?».

È Lucrezia. Le ciliege sul suo vestito hanno qualcosa di strano: sanguinano. Ma ad Alice sembra normale.

"È l'acqua".

Pensa che sia l'acqua a farle gocciolare. Perché sembra proprio di stare sul fondo del fiume. Alice vede il mondo dal basso. O forse è il mondo a essersi alzato. Alice ha sette anni e si sente leggera, molto leggera. Quasi incorporea.

«Guarda i conigli!».

Squittisce Lucrezia. E sorride. Zanne.

Alice questa volta vede se stessa come dall'alto. È piccola. La lucidità frusta il delirio.

"Se è vero non posso vedermi".

Peso. Alice sente il proprio corpo. Il proprio corpo non è chiuso dentro la bottiglia. Alice lo sa. Perché è adulta.

"Denny...".

«Denny...», dice. E sul viso sente il fiato dei morti. Una voce catarrosa e crudele.

«Zitta figlia di cagna. Guarda, guarda, guardami dentro!».

Stordimento. Alice non sa se il mondo è dentro o è fuori. Sa che dentro la sua pancia deve esserci il centro di tutto, il cardine attorno a cui ruota ogni galassia.

"Lucidità", pensa. E chiude gli occhi. Insiste.

«Denny...». La sua voce e la sua mente si arpionano al reale, alabarde che uncinano il sogno. Alice riapre gli occhi e finalmente vede. Vacilla.

«Tu sei Denny...», sussurra. E il Divoratore le sputa in faccia bava collosa. Ride senza gioia, senza gusto, con disprezzo.

«Ti sembro morto?!». Le sue mille voci frustano i timpani.

Alice pattina sul confine. Lucidità e follia: fra loro una lama. Giocare l'impossibile, l'asso prende tutto. L'intuizione è una cometa, la coda di fuoco, Alice ci si aggrappa, si lancia nell'abisso, toglie i freni all'anima, le dighe all'istinto. La follia è un nuovo codice comportamentale. Se la si nega si perde.

«Tu sei un pensiero...».

Il Divoratore si ritrae, grida.

L'asso prende tutto.

«Tu sei uscito dalla mente di Denny».

Alice non sa a che gioco sta giocando. Sa che gioca. Forse è poker. Col bluff si vince, a volte. A volte, col bluff si perde. Tutto. Alice gioca.

Non guardarlo, non cercarlo. Se ti vede tu gli credi! Se gli credi lui ti vede!

«Se io non ti credo tu non mi vedi...».

Il Divoratore ha smesso di gridare. La sua bocca è ancora spalancata, rossa, atona. Non respira. Non si muove. Non vive: è finto. Il torpore le scivola via di dosso, l'orrore le gronda dalla schiena. Alice si avvicina. Fissa l'Uomo dei Sogni come si fisserebbe una statua di cera. Lo vorrebbe guardare meglio. Lo vorrebbe capire. Lo vede. È un attimo. La testa del Divoratore scatta di lato, a un centimetro dalla sua faccia, si deforma in un ringhio, Alice urla. Poi articola il sonoro: perché si ricorda.

«Se io non ti credo tu non mi vedi!».

Freeze. Ancora di sale. Ancora immobile. Ancora finto.

Alice si volta verso il quadro. Il quadro è l'utero, la porta, la casa del padre. Il quadro è il nutrimento, il rifugio, l'alfa e l'omega di tutto, l'origine. Il cordone ombelicale da tranciare.

È tutto chiaro. Alice avanza, il bastone di Stefano serrato a viva forza fra le mani.

"Bastone contro bastone", pensa Alice mentre lo brandisce in aria.

"Giochiamo ad armi pari", e lo scaglia sulla tela, la squarcia.

Le nubi pisciano nero, gravide. Alice le fa abortire. Fiumi d'odio di liquame denso, appiccica. Il Divoratore non viene risucchiato, non c'è nessun rifugio ora. Il Divoratore semplicemente si disfa, si scioglie, si amalgama alla macchia color del piombo che si allarga sul pavimento. Il Divoratore è una macchia. Non è mai stato altro che una macchia, una macchiatumore sull'anima di Denny.

Nella stanza non piove più. Non c'è puzza. Non c'è freddo. Solo un tetro squallore che fa venire voglia di piangere. Alice sente le gambe tremare. Cadono giù. Mani e ginocchia al pavimento. Le lacrime vengono dopo, questione di attimi. Poi un conato.

Alice non lo sa cos'ha fatto. Lo intuisce. La donna e la bambina hanno brandito il bastone. Una forza onirica e possente le vortica nelle vene, e lei non si è opposta. L'ha lasciata fluire. E ha vinto. L'onda anomala dell'intuizione contro palazzi di terrore e paura.

La manica della giacca contro la bocca, a pulire il vomito. Un unico pensiero: Stefano.

***

Nel naso e nella bocca di Stefano tubi.

Per Alice sono come serpenti: gli strisciano dentro.

Stefano dorme. Nessun coma. Un semplice trauma cranico pesante. Uno schianto in pieno volo. E un cuore di ferro che continua a pompare. Gli stringe la mano. Gli darebbe il suo stesso sangue. Gli vuole parlare, gli deve parlare. Muore dalla voglia di farci l'amore.

«Signorina...».

L'infermiere ha la faccia stanca, gli occhi infossati.

«Le devo chiedere di andare, l'orario di visita è terminato, mi dispiace...».

Alice si alza dalla sedia, accenna un sorriso. E non è sicura che le sia venuto proprio bene. Si sporge sopra Stefano, gli bacia la fronte. Le labbra umide premono, vuole che quel bacio lo scuota. Fino alle radici.

Stefano dorme.

L'infermiere è sempre in piedi. E Alice se ne va.

C'è una cosa che deve fare, che deve proprio fare.

***

Stanza 27. Tra poche ore lo vestiranno. Pietro dormirà a casa sua stanotte. Non che la cosa lo interessi, perché lì, come nella sua stanza, il soffitto ha quattro angoli.

Alice si siede sul bordo del letto. Nessuna reazione.

Alice prende tempo. Conviene pensare.

Ma pensa ai bambini.

La mente tocca lo stesso nervo. Scoperto.

"Perché i bambini?".

Sente la mandibola serrarsi, le lacrime premere contro occhi secchi.

"Perché proprio i bambini?".

Vede ognuna delle loro facce. La prima è Lucrezia. La prima è sempre Lucrezia. L'ultimo non è Marco Pulazzi. L'ultimo nella sua testa è Dario. La lama inizia il suo squarcio con Lucrezia e termina con Dario. In mezzo non cicatrizza mai. In mezzo le domande annaspano infettando.

"Perché i bambini non sanno di sognare".

Dolore. Il sale aggredisce gli occhi, li fa lacrimare. Le sembra di sentire Stefano parlare, se lo immagina scagliarle contro mille buone motivazioni per non lasciare che il terreno frani sotto i loro piedi.

"Andiamo, è come credere all'apporto, all'ectoplasma, alla materializzazione, cazzo Alice, ai *Poltergeist*!, alla teleplastia!".

Ma non era così... Alice ne era certa.

Per evitare la follia s'inventano nomi. La gente li inventa per vestire i fantasmi. Quando qualcosa non torna si parla di psicocinesi, di ufo, di paranormale.

Alice invece ne era certa, tutto quello non c'entrava. Erano solo nomi. Quello che invece c'entrava sul serio erano le segrete della mente.

Denny aveva perso il controllo.

Denny era solo un bambino.

Alice pensava ai mille conflitti che la abitavano. Agli strumenti di cui disponeva per farli dialogare. Pensò alla Babilonia chiusa nella testa di Denny.

Lui non aveva strumenti.

Lui non aveva ancora otto anni. Ma una mente eccezionale. E la fantasia come unica terra di naufragio.

Un brivido. Il peso dell'infinito. Alice lo sente, le spezza le vene.

Quello che ha pensato è assurdo, lo sa. Anzi, è scomodo.

Sotto quel peso soverchiante c'è spazio solo per domandare.

E per nessuna risposta.

Quel che viene offerto è un posto in prima fila, per assistere alle inevitabili crepe che squassano il quotidiano. Alice quel vuoto abbacinante lo guarda, ci frana attraverso.

Trovarsi e perdersi, nell'infinito, è pressappoco la stessa cosa.

«Pietro…».

E gli parla. Gli racconta per filo e per segno quello che ha visto, quello che ha fatto, quello che è stato. Gli racconta di quando aveva sette anni e di un'amica splendida dai grandi occhi azzurri. Gli racconta del fiume, del freddo, della casa.

Sa che non è etico. Sa che della sua posizione professionale non gliene frega proprio niente. Sa che va fatto. E continua a raccontare mentre nella sua bocca si raccolgono muco e sale. Gli dice che gli ha sempre creduto, soprattutto questo, che gli ha sempre creduto.

Pietro da qualche parte ha sentito.

Coi suoi occhi bui incollati al soffitto.

Ringraziamenti

Ringrazio la mia famiglia per il supporto costante.

Ringrazio Sabrina Montebelli: se elencassi i motivi non finirei più.

Un grazie sincero a Roberto Mariotti, Letizia Lepri e David Baldanzi per l'entusiasmo, la professionalità e l'umanità con cui mi sostengono in questo percorso.

Grazie ad Alessandra Penna, che ha creduto in questo romanzo dall'inizio, difendendolo ed esponendosi in prima persona: che il successo di questo libro possa essere condiviso.

Grazie a Valerio Evangelisti per le sue parole e la sua generosità.

Grazie a tutte le persone che col loro lavoro hanno contribuito alla realizzazione di questo libro.

E infine, caro lettore, grazie a te.

Indice

CAPITOLO OTTO

CAPITOLO NOVE